Mord auf Krankenkasse

edition 2t_Buch

Bibliografische Information der Deutschen Nationalbibliothek: Die Deutsche Nationalbibliothek verzeichnet
diese Publikation in der Deutschen Nationalbibliografie;
detaillierte bibliografische Daten sind im Internet über
http://dnb.dnb.de abrufbar.

Verlag: *edition 2t_Buch*
Dominik Hartel Buch-, Kunst- und Musikalienverlag
A-3423 Wördern
ISBN Taschenbuch: 978-3-903273-05-4
ISBN E-Book: 978-3-903273-06-1

Lis Levell

Mord auf Krankenkasse

Das soll gesund sein?

Ein Lebens- und Kriminalroman

Zur Autorin

✗ Mehr als 200 deutsch- und englischsprachige Songtexte, veröffentlicht unter dem Pseudonym Lisa Donna-May
✗ Pädagogische Fachartikel
✗ Poetische Prosagedichte
✗ Heiter-ironische Kurz-geschichten und Szenen
✗ Solokabarett „Freiheit zum Dessert"
✗ Romane

www.lis-levell.com

Von Lis Levell lieferbar:
Ruck Zuck Kochen (Kochbuch) 2015
Erste Reihe Achterbahn (Lebens- und Liebesroman) 2018
Mord auf Krankenkasse (Lebens- und Kriminalroman) 2019
vitamin·reich & trink·fest (Lebens- und Liebesroman) 2020
Mord mit Abschlusszeugnis (Kriminalroman) 2021

Gewidmet Hans

Jetzt sind es doch mehr
als fünf Seiten geworden!

Mord auf Krankenkasse

Das soll gesund sein?

Die Personen und die Handlung des Romans sind frei erfunden. Etwaige Ähnlichkeiten mit tatsächlichen Begebenheiten, lebenden oder verstorbenen Personen wären rein zufällig.

Inhaltsverzeichnis

Prolog

Mit einem Anflug von Ärger und unwilligem Kopfschütteln legte Sylvia das Buch zurück auf den Stapel.

Es war gar nicht so einfach, die richtige Urlaubslektüre zu finden. Als Krimifan hatte sie mehrere Neuerscheinungen durchgeblättert und nichts Ansprechendes entdeckt.

Zu blutrünstig, zu umfangreich, an den Haaren herbeigezogen …

Ein schmaler Band einer jungen Autorin erregte ihre Aufmerksamkeit.

Lis Levell?

Noch nie von ihr gehört. Aber der Ort des Schauplatzes gefiel ihr.

Wenn das kein gutes Omen für ihre geplanten Wellnesstage war!

Sie schlug den Roman knapp nach der Mitte auf, las kurz hinein und nahm ihn gemeinsam mit zwei anderen Werken an die Kassa.

Highway To Hell

In gemäßigtem Tempo bewegte sich der dunkelblaue Mittelklassewagen die kurvenreiche, enge Bergstraße hinunter.

»Hermann, fahr' doch nicht, als hätten wir etwas mitgehen lassen! Ich will noch ein wenig die Aussicht auf die Gipfel und Almwiesen genießen. Wer weiß, wann du dir wieder Zeit für einen Urlaub nimmst?«

Der angesprochene, langjährige Ehemann drosselte sofort die seiner Ansicht nach moderate Geschwindigkeit um weitere fünfzehn Stundenkilometer, nicht ohne seiner Angetrauten sanft zu widersprechen: »Freilich, Liebes! Obwohl dein Alltag nicht weniger abwechslungsreich ist als unser Urlaub war. Und grün und erholsam ist es in unserer Gartensiedlung ebenfalls. Außerdem warst du diejenige, die nicht früh genug aufbrechen konnte, weil heute unbedingt noch eine ganze Menge erledigt werden soll: Koffer auspacken, einkaufen, der Waschmaschine zeigen, dass ihre freien Tage vorbei sind. Damit du morgen Zeit hast, deinen berühmten Apfelstrudel zu backen, den unsere Große so gerne isst. Ich freu' mich allerdings auch sehr, sie bald wiederzusehen. Hast du …?«

Sein Redefluss fand durch einen konzentrierten, besorgten Blick in den Rückspiegel ein jähes Ende.

»Der kommt aber enorm schnell daher! Inge, Vorsicht!«

Und schon war der knallrote Sportwagen mit ihnen gleichauf.

Ein kurzer Blick nach links auf den Raser, ein kleiner Schwenk noch näher hin zum rechten Fahrbahnrand, um Platz zwischen sich und dem Überholenden zu schaffen.

Ein kratzendes Geräusch an der linken Wagenseite mit gleichzeitig unfreiwillig-wuchtigem Pendler nach rechts.

Ein gellender Frauenschrei, quietschende Reifen, lautes Krachen.

Das blaue Auto durchbrach die Leitplanke, donnerte – sich mehrmals überschlagend – den steilen Abhang hinunter.

Blech knirschte, Glas splitterte.

Dann war es still.

Totenstill.

Zwölf Minuten später meldete ein dem Gipfel zustrebender, aufmerksamer Motorradfahrer den Schaden an der Straßenbefestigung und einen möglichen Unfall.

I Feel Good

Selten sind Vorfreude und Wehmut, Verheißung und Abschied so offensichtlich und dicht nebeneinander anzutreffen wie in der Lobby eines Hotels.

Ankommende, die mit großen Augen die vielen neuen Eindrücke inhalieren, Abreisende, die mit einem letzten, oft sentimentalen Blick nochmals alles in sich aufzunehmen versuchen, um nach ihrer Rückkehr in den gewohnten Arbeitsrhythmus von dieser inwendigen Bilderserie zu zehren.

Im Fall des Biohotels »Breitner« lag die Sache etwas anders. Hierher verschlug es nicht ausschließlich Erholung, Entspannung und Wellness Suchende, sondern auch eine ganze Menge Menschen, denen ihr Hausarzt eindringlich eine Kur zur Behebung oder Linderung diverser Wohlstandskrankheiten ans Herz gelegt hatte.

Naturgemäß hielt sich bei dieser Zielgruppe der Überschwang in Grenzen. Die Aussicht auf schmerzversprechende Behandlungen, ungewohnte, schweißtreibende, sportliche Betätigung gepaart mit einschneidenden Diätvorschriften konnte schon mal den berühmten Umkehreffekt bewirken, die Abreise mehr als die Ankunft zu schätzen.

Dieser Zwiespalt schien den drei Angestellten an der Rezeption nicht bewusst zu sein.

Gleichermaßen höflich, aber in einem Tonfall, der erahnen ließ, dass sie die Begrüßungsfloskeln und ersten Informationen bereits zigfach von sich gegeben hatten, arbeiteten sie die Warteschlangen in wiederkehrenden Sätzen und Ritualen ab: Eintrag ins Gästeblatt, Übergabe des Zimmerschlüssels, Hinweis auf die Willkommensansprache des Hoteldirektors mit Empfangssekt – für jene, die sich eisern an die wohlgemeinten Ratschläge hielten, der letzte Alkohol für mehrere Wochen – Aushändigung des hauseigenen Bademantels, einer Orientierungsskizze der Anlage sowie eines Terminplans mit Bekanntgabe der Essenszeiten, Sporteinheiten und Freizeitangebote.

Sylvia Scherzer, schlank, mittelgroß und zu ihrer großen Freude auf nie älter als vierzig Jahre geschätzt, stand wartend in der Reihe, die von Yasmin »abgefertigt« wurde.

In einem kurzen Blickkontakt hatte sie das wiedererkennende Aufleuchten in den Augen der jungen Kraft wahrgenommen und ebenfalls erfreut nickend zurückgelächelt.

Seit ihrem Dreißiger vor knapp 18 Jahren buchte Sylvia, damals noch Sellmann-Scherzer, regelmäßig mehrmals im Jahr einige Wellnesstage im Biothermenhotel, um dem eigenen Schlendrian wie auch der stetig lauernden Genusssucht für kurze Zeit Einhalt zu gebieten.

Von ihrem Ehemann hatte Sylvia sich mittlerweile genauso unaufgeregt und schmerzlos getrennt wie vom ersten Teil ihres Nachnamens.

Peter hatte sich zunehmend zu einem Workaholic entwickelt, der keine Fortbildungsmöglichkeit und damit verbundene Aufstiegschancen im größten Bankhaus des Landes ausließ.

Deswegen war sie bereits im Ehestatus stets allein im »Breitner« abgestiegen.

Sie hatte den Aus- und Aufbau des Hauses verfolgt, das sich von Kapazität und Anzahl der Belegschaft nahezu verdoppelt hatte und miterlebt, wie zusätzlich zum ursprünglich familiären Biohotel eine Kuranlage mit Kassenvertrag eingerichtet wurde.

Bei ihrem letzten Aufenthalt vor etwas mehr als vier Monaten war sie von einer Therapeutin liebenswürdig mit den Worten »Sie gehören ja fast schon zum Inventar!« begrüßt worden.

Richtig heimisch hatte sie sich jedenfalls bald gefühlt und das Hotel gerne als ihren »Zweitwohnsitz« bezeichnet.

Allein der Geruch beim Eintritt in die Halle löste bei Sylvia Wohlbefinden aus und verhalf ihr binnen weniger Minuten zu einem entspannten »Fünf Zentimeter über dem Teppich schweben«-Zustand. Fast andächtig sog sie die Mischung von Rosenöl aus der Kosmetikabteilung im Tiefparterre und den Gewürzen aus dem Bio-Shop in der Lobby ein und rechnete sich zum wiederholten Mal in Gedanken vor, wie oft sie nun das köstliche Vollwertfrühstück und den gemütlichen Tagesausklang in der Badelandschaft genießen konnte.

Deshalb störte sie, die sonst eher Ungeduldige, das langsame Vorankommen in der Warteposition auch nicht im Geringsten.

Herrliche, entspannende Tage standen bevor, hatten noch nicht einmal begonnen.

Lagen vor ihr wie eine ungeöffnete Pralinenschachtel. Diese ungefähre Ahnung, was einen erwartet, ohne jedoch den Geschmack jedes einzelnen Konfekts zu kennen, der sich erst beim genießerischen Verkosten entfaltet.

Sylvia musste über sich selbst wegen des kalorienreichen Vergleichs lächeln.

Kurz konnte sie noch verstohlen einige der ebenfalls Angekommenen mustern.

Ein Herr mit lustigem Blick und kugelrundem Bauch nickte ihr freundlich zu und meinte gut gelaunt: »Sie werden es nicht glauben! Bei meiner Eheschließung brachte ich fast 20 Kilogramm weniger auf die Waage, dennoch passt mir ein Teil meines Hochzeitsanzugs seit eh und je wie angegossen.«

Wenngleich Sylvia den kommenden Gag bereits ahnte, quittierte sie die Aussage des kommunikativen Kurgasts zu dessen Freude zunächst mit erstaunt-zweifelnder Miene und einem nachfolgenden: »Löblich, löblich! Das können nicht viele von sich behaupten!«

»Aber ja doch: Es ist meine Krawatte! Die ist zwar etwas aus der Mode, aber lang nicht so aus der Form geraten wie ich.«

Sylvia lachte herzlich. Wahrscheinlich würde die Krawatte eher in Mode kommen als der joviale Herr jemals wieder in den Rest seiner Festtagsgarderobe.

Dann war sie doch rascher als erwartet an der Reihe und ebenso zügig mit allem Notwendigen versorgt. Mit ihrer Handtasche, dem Bademantel, einigen Informationsblättern und jeder Menge guter Wünsche für einen erholsamen Aufenthalt ausgestattet, schlug Frau Scherzer den Weg zur Treppe ein. Den Lift würde sie erst später benützen, wenn sie Trolley und Kleidersack aus dem Auto holte.

Ihr Blick blieb auf der Ankündigung eines Qi Gong-Angebots hängen, als schräg hinter ihr jemand ausrief: »Wenn das nicht die Süverl is'!?«

Erstaunt drehte sich die soeben zur jugendlichen Süverl mutierte Sylvia um. Ein gut gebauter Mittvierziger mit braungewelltem Haar strahlte sie an.

Blitzartig tauchte die Erinnerung an einen landesweiten Sportkurs und das Bild einer Teenagerclique unter weit ausladenden Ästen eines Baumes vor ihrem geistigen Auge auf.

Warum nur kam ihr ein Obstbaum in den Sinn?

Und bevor sie richtig denken konnte, rief sie: »Apfelbäum…, äh, Michael! Na, das ist eine Überraschung!«

Aus dem schlaksigen jungen Kerl mit dem ungewöhnlichen Spitznamen »Apfelbäumchen«, der sich nicht wie zumeist üblich aus dem Vor- oder Nachnamen oder zumindest einem hervorstechenden Merkmal, sondern wer-weiß-wovon ableitete, war ein blendend aussehender, athletischer Mann mit einladendem Lächeln geworden.

Hotelgast oder neuer Fitnesstrainer?

Beides schien möglich.

»Zum ersten Mal hier?«, hakte Sylvia nach, um das Gespräch am Laufen zu halten und Klarheit über seine Rolle zu erlangen.

»In der Tat! Seit einer Woche auf Kur da und bis jetzt jede Minute genossen!«

Ihre Antwort wäre nahezu wortident wie der zweite Teil seines Satzes ausgefallen, deshalb setzte sie – die Übereinstimmung schätzend – amüsiert fort: »Vor drei Jahren war ich zum 50. Mal hier, seither hab' ich zu zählen aufgehört.«

»Das nenn' ich mal Beständigkeit«, lachte Michael. »Dann wirst du wahrscheinlich noch genauso fantastisch und gerne Tischtennis spielen? Irgendwann mal Lust auf ein hartes Match wie in der guten alten Zeit?«

»Aber ja, selbstverfreilich!«, beendete Sylvia das Gespräch fürs Erste schlagfertig. »Falls ich je mein Gepäck mit den Sportklamotten aufs Zimmer kriege und nicht hier Wurzeln schlage!«

»So, so die Süverl«, dachte Michael bei sich, »immer noch die selbe Frohnatur und um keine Antwort verlegen!«

Er erinnerte sich an ihre kecken Bemerkungen, die für Lachanfälle in der Gruppe gesorgt hatten, ihren Einsatz im Sport und ihre unaufdringliche Hilfsbereitschaft allen gegenüber. Bereits damals hatte er sich gefragt, ob sie sich ihres Charmes und ihrer Ausstrahlung bewusst sei.

Einen Ehering trug sie jedenfalls nicht. Dieses Detail hatte er sofort registriert.

Das könnte ein nettes Auffrischen einer lange zurückliegenden Freundschaft werden, überlegte Michael vergnügt. Schließlich sollte er auf Anweisung seines Arztes aus dem Alltag austreten und entspannen. Er fühlte sich ganz »gehorsamer Patient«.

Bestimmt jedoch waren die Ratschläge des Mediziners anders gemeint gewesen, als jene Gedanken, die nach der Begegnung mit Süverl in Michaels Kopf zu kreisen begannen.

Mit besorgter Miene hatte Dr. Reichenthaler seinem langjährigen Patienten vor zwei Monaten dringend zu etwas Distanz von seinem beruflichen Dauereinsatz in der Werbeagentur geraten.

»Sie sind zwar in körperlich bester Verfassung, dennoch brauchen Sie neben Ihrer sportlichen Betätigung ebenso ein wenig Ruhe und Entspannung. Auch der beste Motor läuft einmal heiß. Gönnen Sie sich drei Wochen Abstand, einfach raus aus dem Hamsterrad. Ich schlage Ihnen da ein nettes, kleines Kurhotel in Frischenbach vor. Dort finden Sie zudem Angebote für Ihre Fitnessambitionen. Glauben Sie mir, das Auftanken wird Ihnen langfristig guttun, und drei Wochen sind recht schnell wieder vorbei.«

»Außerdem ist Frischenbach nicht am *verlängerten Rücken* der Welt«, hatte der Mediziner scherzhaft hinzugesetzt, als er die wenig begeisterte Miene seines Klienten bemerkte.

»Das nicht, aber sehen kann man ihn von dort wahrscheinlich schon recht gut!«

Michael war eben ein durch und durch urbaner Typ, der seine großelterlichen Wurzeln aus der ländlichen Region sogar vor sich selbst verleugnete.

Dass er zuletzt ziemlich leicht gereizt gewesen war und zunehmend freudlos agierte, musste er sich unumwunden eingestehen. Nach ein paar Tagen Bedenkzeit hatte er daher kurzerhand seinen Kurantrag eingereicht und diesen umgehend bewilligt bekommen.

Die Aussicht, nun nicht nur mit seinen drei Tischgenossen, sondern auch mit Sylvia etwas unternehmen zu können, schien vielversprechend.

Sein Blick in den Aufzugsspiegel war demgemäß gut gelaunt und zugleich ein wenig schuldbewusst, als er sich dabei ertappte, den alten Countrysong »She Don't Know She's Beautiful« von Kenny Chesney vor sich hinzupfeifen.

Aber auch Sylvia war bestens gestimmt.

Vor dem Appartement angelangt, bestätigte sich die Vermutung, die sie angesichts der geraden Zimmernummer gehegt hatte: Ihre Buchung war auf eine südseitige Balkoneinheit »upgegradet« worden – ein wertschätzendes Zeichen für einen langjährigen und gut zahlenden Stammgast.

Dieser Urlaub begann in mehr als einer Richtung verheißungsvoll.

Sie würde ihn zu genießen wissen.

You Can't Always Get What You Want

Wie meistens ging sich bei Sylvia vor dem Willkommenssekt noch ein kleiner Spaziergang aus.

Sie entnahm daher ihren Gepäckstücken vorerst bloß das Nötigste und hängte die bestückten Kleiderbügel in den Schrank. Anschließend parkte sie das Auto unter einem überdachten Stellplatz und gab ihrem Bruder, ihrer besten Freundin Susi sowie ihrer Assistentin im Büro über die wohlbehaltene Ankunft Bescheid.

Kurz darauf war sie bereits unterwegs.

Nach so vielen Aufenthalten kannte sie sich nicht nur hervorragend in der näheren Umgebung aus, sondern verfügte über einen bunten Strauß unterschiedlich langer Lauf- und Walkingrouten.

Als Sylvia das Hotel durch den Haupteingang verließ, bog ein silbergrauer Wagen mit quietschenden Reifen in überzogenem Tempo um die Kurve, um gleich darauf scharf abzubremsen und sich auf einen der Kurzparkplätze direkt vor dem Portal, die lediglich zum komfortablen Be- und Entladen des Gepäcks vorgesehen und dementsprechend gekennzeichnet waren, einzuparken.

Dem schnittigen Auto mit deutschem Kennzeichen entstieg Karl-Richard Lehmann, 60 Jahre, mit vollem, ebenfalls silbergrauen Haar, sich seiner Wichtigkeit bewusst, besser gesagt, diese maßlos überschätzend.

Die Tür des Sportcoupets lässig zugeworfen, und schon stürmte er die wenigen Stufen zum Hoteleingang grußlos an Sylvia vorbei.

Herr Lehmann pflegte alljährlich in einem anderen Hotel im kleinen Nachbarland, das mit so viel schöner Gegend gesegnet war, abzusteigen, um jedem Hotelier – ob der das hören wollte oder nicht – mit guten Ratschlägen unter die Arme zu greifen.

Heute würde er diesem Direktor Breitner einmal auseinandersetzen, wie kontraproduktiv der Hotelname für die Zielgruppe jener war, die das Biohotel zwecks Gewichtsreduzierung aufsuchten. Dass man einem langjährigen Unternehmer Derartiges überhaupt erklären musste!?

Wer Karl-Richard Lehmann näher kannte, wusste, dass es sich bei »seinem Betrieb«, mit dem er sich gerne brüstete, um eine Maler- und Anstreicherfirma handelte, die er von seinem Vater mit einer Sekretärin und vier Handwerkern übernommen und in den letzten drei Jahrzehnten auf einen bescheidenen Kreis von elf Mitarbeitenden erweitert hatte.

Das dafür nötige »Kleingeld« war nicht ausschließlich seiner erfolgreichen Geschäftsführung zu verdanken, sondern stammte zu einem Gutteil aus einer von seiner Ehegattin Hildegard eingebrachten Erbschaft. Dieses Detail verschwieg er ebenso diskret wie die nähere Beschreibung seines »Imperiums«.

Hildegard ließ ihn gewähren, wenn sie nur ihre Ruhe hatte, die sie über alle Maßen schätzte.

Die mollige, bewegungsscheue Frau mit einer Fülle unordentlicher, blond gefärbter Löckchen war meist auf einer der Liegen mit Blick auf den jeweiligen Pool anzutreffen, wo sie bunt bebilderte Illustrierte durchblätterte oder stolz Fotos ihre Kinder und Enkelkinder herzeigte.

Im Beisein ihres redseligen Mannes war »Hildchen«
eher schweigsam und beschränkte sich auf zustimmen-
de Einwürfe sowie als Lieferantin von Stichworten für
weitere, ausschweifende Erzählungen.

»Junger Mann!«, eine Stimme, die Anweisungen zu
geben gewohnt war, durchschnitt die gedämpfte Be-
triebsamkeit der Hotelhalle, als Lehmann zügig auf das
Büro des Direktors zusteuerte.

Hinter der Theke zuckte Robert, ein sensibler Bur-
sche, kurz zusammen, straffte aber umgehend seine
Schultern und antwortete geflissentlich: »Ja, Frau Bachmayr?«

Robert war nicht nur ein gewissenhafter Angestellter,
sondern zudem Neffe und Patenkind von Direktor
Breitner. Um nichts in der Welt wollte er seinen Lieb-
lingsonkel, den er bewunderte und vor dem er zugleich
enormen Respekt hatte, enttäuschen.

»Frau Oberschulrätin Bachmayr, wenn ich bitten
darf!«, herrschte ihn die resolute Dame an und fuhr fort:
»Das nunmehrige Zimmer ist die nächste Katastrophe.
Direkt neben dem Lift! Das ruckelnde Geräusch ist un-
erträglich. Bis nach 22 Uhr war gestern ein Kommen
und Gehen beziehungsweise Fahren. Wie soll ich da
einschlafen können?«

»Lehrerin!«, durchfuhr es Robert. »Gäste von der
schlimmsten Sorte! Kritisieren und Fehler anderer auf-
zuspüren scheint deren Lieblingsbeschäftigung zu
sein.«

Professionell freundlich allerdings entgegnete er:
»Frau *Oberschulrätin* Bachmayr, gewiss. Tut mir leid.

Im Moment kann ich nichts für Sie tun. Sie haben immerhin bereits einmal das Zimmer gewechselt, und gegenwärtig sind wir ...«

»Das erste Appartement lag direkt oberhalb des Speisesaals. Ab fünf Uhr früh konnte ich kein Auge mehr zumachen wegen all dem Geklapper und Sesselgeschiebe der Reinigungstruppe, danach das Herrichten des Frühstücksbuffets. Ich brauche meine acht Stunden Schönheitsschlaf, verstehen Sie?«, fauchte die strapaziöse Pädagogin.

»Von wegen acht Stunden und Schönheit. Ein Dornröschenschlaf von 100 Jahren würde wohl auch nichts nützen!« Insgeheim amüsierte sich Robert, der nicht nur feinfühlig war, sondern zusätzlich über eine gehörige Portion Ironie und Scharfsinn verfügte.

Er erwog, Frau *Baumschul*rätin Bachmayr die Kühlkammer als Logisplatz vorzuschlagen. Abgesehen vom Geräusch des sich ab und zu einschaltenden Thermostats war es bemerkenswert ruhig dort, und das feuchtkühle Klima könnte durchaus erfrischende und verjüngende Wirkung zeigen.

Zu seinem derzeitigen »Lieblingsgast« gewandt, betonte er: »Leider kann ich im Moment ob der guten Auslastung nichts unternehmen. Kommen Sie doch morgen Nachmittag wieder. Ich denke, wir werden eine Lösung finden!«

Robert war sehr stolz *ob* seiner taktisch besonnenen wie gleichfalls sprachlich gewandten Antwort.

Froh, dass Frau Oberschulrätin Bachmayr einigermaßen besänftigt abzog, konnte er sich erneut den Neuankömmlingen und deren vielfältigen Fragen widmen.

Kerstin, die – wie Yasmin am anderen Außenflügel – Seite an Seite mit Robert Dienst an der Rezeption versah, bewunderte ihren Kollegen im Stillen.

Mochten die anderen reden, was sie wollten – Robert war großartig in seinem Job, Neffe des Direktors hin oder her.

Ohne wirklich gutaussehend zu sein, hatte er in ihren Augen eine gewinnende Art, immer das rechte Wort und eine zufriedenstellende Lösung für kleinere und größere Anfragen parat. Zudem wirkte er selbstsicher, aber nicht überheblich und war frühmorgens gleichermaßen freundlich wie nach acht oder mehr Stunden Dienst.

Leider schien er keine Augen für sie, seine blonde, leicht füllige Kollegin zu haben. Allerdings ebenso wenige für die zierliche, dunkelhaarige, trotzdem unscheinbare Yasmin, wie Kerstin genugtuend feststellte.

Er war zu beiden, wie auch zu allen anderen Mitarbeiterinnen, charmant und äußerst hilfsbereit, jedoch unverbindlich, fast unnahbar.

Möglicherweise bildete er sich doch etwas auf sein Verwandtschaftsverhältnis ein?

Viel Zeit zum Nachdenken blieb Kerstin nicht.

Der Andrang hatte lediglich kurz nachgelassen. Jetzt, knapp vor dem Willkommenstreff, langten immer noch weitere Kurgäste ein und Neuangekommene wie einige Alteingesessene bestürmten sie mit mannigfachen Anliegen.

Sylvia besuchte nach einem flotten Spaziergang auf einem ihrer Lieblingswege und anschließendem

Umkleiden ausschließlich den Beginn des Einstandsempfangs.

Die Begrüßungsrede des Direktors könnte sie nahezu wortwörtlich mitsprechen, so oft hatte sie diese schon gehört.

Eigentlich wollte sie nur kurz von ihm gesehen werden, sich einen Eindruck von den neuen Gästen verschaffen, denen sie in der nächsten Woche im Speisesaal und Wellnessbereich, bei Gruppenaktivitäten und Vorträgen begegnen würde und natürlich mit einem Gläschen auf ihren Urlaub anstoßen.

Der erste, der ihr zuprostete war der übergewichtige, amüsante »Modeexperte in Sachen Krawatten« aus der Warteschlange.

Seine Laune änderte sich indessen schlagartig, als Direktor Breitner auf die Essenszeiten, vor allem aber auf die gesunde, großteils vegetarische Küche zu sprechen kam. Geknickt sank er in sich zusammen und verdrehte angelegentlich die Augen. Die Vorstellung, 21 Tage auf Schweinsbraten & Co. in Begleitung einer großen Hopfenkaltschale verzichten zu müssen, schien ihm offenbar nicht zu »schmecken«.

Sylvia schenkte ihm ein aufmunterndes Lächeln und ein zuversichtliches »Vielleicht gibt's ja einmal *Stelze light*«, bevor sie sich aus der Gruppe entfernte, die dem stolzgeschwellten Hoteldirektor auf seiner Führung durch das Haus und die Anlage folgte.

Die Zeitspanne zwischen Empfang und Abendessen nutzte sie, um sich ihr kleines Appartement entsprechend einzurichten, ihr dezentes Make-up zu erneuern und die Badetasche für die abendliche Runde durch die Sauna- und Badelandschaft vorzubereiten.

24

Einige Minuten vor 19 Uhr betrat Sylvia den »alten Speisesaal«, der im ursprünglichen Teil des Gebäudes untergebracht war, und sah sich zunächst verstohlen nach Michael um.

Ferdinand Hollenthoner, Herr über zwei Speisesäle und eine Schar freundlicher Servierdamen, Verbindungsmann zur Küche sowie erste Anlaufstelle für alle »Intoleranten«, die Sonderwünsche bezüglich Speisenzutaten hegten, hatte den langjährigen Stammgast sofort erblickt.

Charmant wies er ihr einen der besten Plätze mit Aussicht auf die hügeligen Weingärten und »ihren« Baum, den sie mittlerweile in allen Jahreszeitenoutfits kannte, zu.

Wenngleich Ferdinand wegen der zahlreichen neuen Gäste und einiger erst unlängst angestellter Bedienungskräfte alle Hände voll zu tun hatte, ließ er es sich nicht nehmen, einen kurzen Wortwechsel mit Sylvia zu führen.

»Wie schön, Sie wieder bei uns begrüßen zu dürfen! Selbstverständlich haben wir erneut den Tisch mit dem Breitbildpanoramablick für Sie reserviert. Das Wetter verspricht großartig zu bleiben, lauter nette Gäste im Haus momentan. Wenn Sie etwas brauchen, bitte einfach Bescheid zu geben. Hier finden Sie unsere heutige Speisenauswahl. Ich bin gleich wieder da!«

Sylvia setzte sich und ließ ihren Blick durch den großen, gemütlich ausgestatteten Raum schweifen.

Er war vornehmlich Privat- und Stammgästen vorbehalten.

Wie oft sie hier schon gesessen und den herrlichen Ausblick wie auch die Mahlzeiten genossen hatte.

Michael musste entweder bereits sein Abendessen eingenommen oder seinen Platz im später angebauten »neuen« Speisesaal haben. Auch der Sessel gegenüber an ihrem Zweiertisch war noch leer, sodass Sylvia ungestört ihren Gedanken nachhängen konnte.

Erleichtert stellte sie fest, wie rasch ihr der Umstieg von Alltag auf Erholung gelungen war. Diesmal würde sie unmittelbar in den Wellnessmodus eintauchen und neue Energien tanken können.

In Gedanken stellte sie sich ihr Programm für die nächsten Tage zusammen. Den ersten Abend wollte sie – wie gewohnt – in der Badelandschaft ausklingen lassen.

Seit jeher hatte Sylvia es sich bei ihren Aufenthalten angewöhnt, möglichst azyklisch unterwegs zu sein: eher spät zu den Mahlzeiten zu erscheinen, während der Großteil der Gäste pünktlichst an die Tische strömte und diese Zeit in den dann menschenleeren Schwimmbecken zu genießen.

Untertags, wenn es sich die meisten in den Liegen rund ums Wasser bequem machten, war sie bevorzugt in Laufschuhen, mit Walkingstöcken, Smoveys oder dem Rad in der Natur unterwegs.

Sobald um 16 Uhr die Damen aus dem Fitnesscenter in die ab nun geöffnete Saunazone strömten, powerte sie sich an den Geräten aus, und abends, wenn die Geselligen Richtung Buschenschank aufbrachen, die Geruhsamen in ihren Zimmern vor dem Fernsehgerät saßen, hatte sie Whirlpool, Infrarotkabine, Salzgrotte und Dampfkammer nahezu für sich allein.

Schade, dass Susi so gar nicht für Wellnessaufenthalte zu begeistern war. Mit ihrer langjährigen Freundin hätte Sylvia gerne ein paar gemeinsame, relaxte Tage verbracht.

Aber bei den Urlaubsdestinationen fanden ihre Übereinstimmungen ein jähes Ende. Die ehemalige Schulkollegin sammelte Städtetrips wie andere Menschen Stofftiere oder Bierdeckeln und postete sich stets stolz vor den jeweiligen Wahrzeichen der Metropolen. Ruhe und Entspannung meinte Susi spitz, könne sie auch noch im hohen Alter auskosten – jetzt wäre erst einmal Action angesagt.

Weit nach 22 Uhr fuhr Robert im Büro den Computer hinunter, versperrte die Tür und wandte sich für einige letzte Handgriffe Richtung Rezeption.

Es überraschte ihn, dort niemanden vorzufinden, als Yasmin – etwas außer Atem und irgendwie leicht verstört – hinter die Theke huschte.

Sie murmelte etwas von »nur kurz draußen gewesen« und »dringend zu erledigen gehabt«, zwängte verlegen einige lose Haarsträhnen zurück in die Klammer an ihrem Hinterkopf und beugte sich über einen Stapel Notizen, die der Erledigung harrten.

Robert beschloss, nicht weiter nachzufragen, wiewohl er seine Kollegin bereits mehrere Male beim Verschicken privater Handynachrichten ertappt hatte und ihm in der vergangenen Woche zwei weitere, längere Absenzen während ihrer Dienstzeit aufgefallen waren.

»Sie wird doch nicht krank werden oder auch ein Baby erwarten?«, überlegte er beunruhigt.

Die Schwangerschaft von Miriam, einer langjährigen, ausgezeichneten Kollegin an der Rezeption, brachte genug Unabwägbarkeiten – bis hin zu einer beizeiten neu einzuschulenden Kraft – mit sich.

Another Day In Paradise

Nach einer erholsamen Nacht steuerte Sylvia zunächst die schwungvolle Morgengymnastikeinheit und anschließend das Frühstücksbuffet an.

Einige Schritte von ihrem Tisch entfernt sah sie neben der hoteleigenen Morgenpost einen zusammengefalteten Zettel liegen: »Tischtennis um 11 Uhr? See you? M.«

Sylvia errötete erfreut und musste zugleich schmunzeln, weil Michael auf ihre Vorliebe, kurzerhand englische Floskeln in Unterhaltungen einzustreuen, Bezug genommen hatte.

Das wusste er also noch?

Außerdem musste er sich beim Personal nach ihrem Sitzplatz erkundigt haben. Sie fand diese Vorgehensweise um vieles charmanter, als sie über das Haustelefon am Zimmer zu kontaktieren.

Wie aus dem Nichts tauchte Ferdinand an ihrem Tisch auf, um persönlich Kaffee zu servieren und sich nach ihrem Wohlbefinden zu erkundigen.

Behutsam schnitt er die erfolgte Nachfrage nach *Frau Sylvias* Sitzplatz und seine »Indiskretion« an, als es an einem der Tische im hinteren Teil des Raumes laut wurde.

Karl-Richard Lehmann hatte den Saal betreten, und das sollten natürlich alle mitbekommen.

Mit sonorer Stimme orderte er Kaffee – mit Betonung auf erster Silbe – für sich und seine Frau, klatschte mehrere Tageszeitungen wuchtig auf den Tisch und schob den Sessel für seine Gattin takt- wie auch geräuschvoll zurück.

Hildegard Lehmann schien der Auftritt ihres Gatten ein wenig unangenehm zu sein, gleichzeitig strahlte sie hingebungsvolle Bewunderung für seine Souveränität aus.

In ihren verzweifelten, aber ungeschickten Bemühungen, sich so dezent und unauffällig wie möglich zu verhalten, stieß sie mit ihrer unmodernen Bügelhandtasche Kaffeetasse samt -löffel vom Tisch und verursachte dergestalt zusätzliches Aufsehen und einiges an Mehraufwand.

Die Servierkraft hatte somit alle Hände voll zu tun, um die Panne zu beseitigen und Lehmanns Zusatzwünsche wie »kalte Milch, Süßstoff und zwei Gläser frisch (!) gepressten Zitronen-Orangen-Karottensaft mit je drei Tropfen Olivenöl« herbeizuschaffen.

Amüsiert stellte Sylvia fest, wie sich die Blicke mancher Gäste mit unwilligem Kopfschütteln in stillem Einvernehmen trafen.

Frau Oberschulrätin Bachmayr murmelte sogar ein genervtes »Na, na, na, ist das notwendig?« vor sich hin.

Phantasiebegabte konnten sich lebhaft ausmalen, wie die frühere Lehrerin in aktiver Zeit mit Störenfrieden in den Klassen umgegangen war.

Im Aufstehen steckte Sylvia die letzte Apfelspalte in den Mund und Michaels Notiz in ihre rechte Hosentasche.

Sodann schlenderte sie voll Vorfreude in den Therapiebereich, um ihr Tagesprogramm mit Rücksicht auf den 11 Uhr-Tischtennistermin zu fixieren.

An der Hotelrezeption ging es nach dem gestrigen aufregenden Ab- und Anreisetag deutlich ruhiger zu.

Robert und seine Kolleginnen hatten Direktor Breitner im Büro sowie Mercedes und Alina hinter der Theke Platz gemacht. Auf dem Rückweg in ihr Zimmer winkte Sylvia den beiden gut gelaunt zu.

Eine Dame mittleren Alters, braungebrannt, weltgewandt und mit außergewöhnlich guter Figur, checkte soeben ein.

Die meisten aus der Nordic-Walking-Gruppe mit Startzeit um halb zehn gaben ihre Zimmerschlüssel mit dem massiven Anhänger ab und sammelten sich in drei Leistungsgruppen für den bevorstehenden Aufbruch.

Hildegard Lehmann ließ sich einige Hotelprospekte für Freundinnen aushändigen. Während sie bedient wurde, taxierte sie die beiden Mädchen an der Rezeption eindringlich, schien allerdings keine weiteren Fragen oder Beanstandungen auf dem Herzen zu haben.

Vor allem Mercedes war noch recht unsicher, sobald Beschwerden auftauchten und jedes Mal heilfroh, wenn sich die Anfragen der Hotelgäste auf Banalitäten beschränkten. Deswegen hatte sie gerne die neu angekommene Frau Wieseneder übernommen, der sie Bademantel und sämtliche Unterlagen aushändigte.

Den Vormittag wollte Sylvia mit sportlichen Aktivitäten ausfüllen, sich jedoch nach einer kleinen Mittagspause auf dem Balkon zunächst in der Kosmetikabteilung und anschließend von ihrem Lieblingstherapeuten Wolfram verwöhnen lassen.

Deshalb sah man sie bald nach dem Abmarsch der Walkinggruppe im Laufdress mit Gewichtsmanschetten an den Handgelenken das Hotel verlassen und den Rundwanderweg entlanglaufen.

Als Robert sich nach ein paar notwendigen Informationen bei der Übergabe des Arbeitsplatzes an seinen Onkel in die dienstfreie Zeit verabschieden wollte, wurde er von diesem auf sein taktvolles Verhalten mit der pensionierten Direktorin, Oberschulrätin Bachmayr, angesprochen und gelobt.

Dem jungen Mann wurde etwas unbehaglich zumute. Diese ausdrückliche Anerkennung meinte er, gar nicht verdient zu haben. Umso mehr, als er sich die vorwitzigen Gedanken in Erinnerung rief, die er während des Gesprächs gehegt hatte.

Trotzdem freute er sich und bewunderte seinen Patenonkel einmal mehr, der nicht leichtfertig auf die Zufriedenheit eines einzelnen Gastes verzichtete.

So wollte auch er, Robert, später ein Hotel leiten, davor aber gerne einige Jahre Praxis im Ausland – am liebsten in der Schweiz – durchlaufen. Davon verriet er klugerweise noch niemandem etwas.

Im Moment war er froh, nach jeweils zwei Monaten Ferialpraxis in den letzten beiden Sommerferien und mehr schlechtem als rechtem Abschluss der Handelsakademie im »Breitner« untergekommen zu sein. Schließlich hatte er keine entsprechende Ausbildung für das Hotelwesen genossen.

Doch sein Onkel hatte lapidar gemeint: »Was man können will, das kann man!«, und umfangreicheres

Wissen um Buchhaltung und Rechnungswesen könnten speziell an der Rezeption durchaus von Nutzen sein.

Rasch hatte sich Robert mit den Abrechnungen vertraut gemacht und, wann immer es sein Tagesablauf erlaubte, Fakten nachgeschlagen, aus früheren, im Computer abgelegten Buchungen gelernt und insgeheim standardisierte Formulare entwickelt.

Die mussten aber »bombensicher« sein, bevor er seinen Arbeitgeber damit überraschen wollte.

»Kummer bereiten mir jedoch vermehrte Diebstähle in letzter Zeit«, merkte der Direktor sorgenvoll und zur Überraschung seines Neffens an. »Es sind zwar keine wertvollen Dinge, und der Schaden hält sich bislang in Grenzen. Allerdings werden die Abstände zwischen den Entwendungen kürzer und die Menge nimmt zu. Was meinst du, sollten wir vielleicht die Polizei hinzuziehen? Sind die Aufregung und das Aufsehen das wert?«

Robert schaltete rasch, wenngleich er gedanklich soeben intensiv mit seinem Buchhaltungsprogramm beschäftigt gewesen war. Ob er denn schon einen Überblick über den entstandenen finanziellen Verlust hätte und einkalkuliert habe, dass die Ermittlungen eventuell im Sand verlaufen könnten, fragte er nach. Dann wäre jeder Aufruhr umsonst gewesen. Nach kurzem Abwägen wurde beschlossen, noch ein wenig zuzuwarten. Vielleicht hörte der Spuk ja wieder auf?

»Eine Anzeige gegen Unbekannt ist wahrscheinlich nicht zielführend? Außerdem will ich so lange wie möglich jede Unruhe in unserem kleinen Paradies vermeiden.«

Robert verstand nur zu gut, wie unangenehm die Vorstellung für seinen Chef war, die Polizei im Haus zu haben. Falls sich die Behörde der Sache überhaupt annehmen würde.

Deshalb versprach er, die Augen offen zu halten.

Für die Entwendungen kamen Dauergäste, Lieferanten, aber auch Angestellte in Frage. Keine leichte Aufgabe, die alle im Blick zu haben.

Er musste verantwortungsbewusst, vor allem aber diskret vorgehen.

»Danke. Ich will doch hoffen, dass es niemand vom Personal ist. Das wäre eine herbe Enttäuschung für mich.«

Damit war für Direktor Breitner die Sache vorerst erledigt.

»Und jetzt schau', dass du deine freien Stunden genießen kannst. Das Wetter ist traumhaft heute. Die dunklen Wolken sind lediglich in meinem Kopf.«

Everyone's A Winner

Als Sylvia pünktlich um 11 Uhr mit vollbepackter Badetasche den Tischtennisraum betrat, wartete Michael nicht nur bereits am mittleren der drei Tische, sondern auch mit vorbereiteten Schlägern und Ball auf sie.

»Hello again!«, sang er ihr entgegen und ließ sie gentlemanlike die bevorzugte Seite für den Spielbeginn aussuchen.

Dann aber hatte alle Galanterie ein Ende und die beiden lieferten sich nach einer kurzen Aufwärmphase drei intensive Matches, die Michael jeweils knapp für sich entschied.

Mit einem »Lousy little bastard!« verfluchte Sylvia den Ball, als dieser beim Service an die Kante prallte und ihr durch den erneuten Eigenfehler eine weitere Niederlage bescherte.

Sie legte nach wie vor jene gesunde Mischung aus Ehrgeiz und Spielfreude an den Tag, die Michael an ihr kennengelernt hatte und die sich vermutlich ebenso in ihrer Arbeitshaltung und Lebenseinstellung zeigte.

Allein deshalb genoss Michael die Partie.

Freilich, die jugendliche Unbekümmertheit war etwas in den Hintergrund gerückt, blitzte aber immer wieder in kleinen, saloppen Bemerkungen auf.

Er schätzte Sylvias Einsatz, weit mehr allerdings, ihre Art sich zu bewegen und ihr natürliches Lachen.

Trotzdem wurde er den Eindruck nicht los, unter ihrer positiven Ausstrahlung eine gewisse melancholische Grundstimmung zu verspüren.

Zu seiner eigenen Überraschung beschäftigte es ihn einigermaßen, sie in irgendeiner Weise bedrückt zu wissen. Sollte das ein erstes Zeichen von Entspannung sein, dass seine Gedanken rund um den Job zunehmend in den Hintergrund rückten und mehr und mehr den Blick auf andere Menschen freigaben?

Noch meinte er jedoch, Süverl nicht danach fragen zu können.

Diese ahnte nichts von seinen Überlegungen, bedankte sich mit einem fairen »You are head and shoulders above me« und spulte zur Abkühlung ein paar Bahnen im Sportbecken hinunter, bevor sie sich zum Mittagessen umzog.

An ihrem Tisch fand sie nun auch den Platz gegenüber besetzt und erkannte erfreut jene attraktive Dame wieder, die sie morgens aus den Augenwinkeln an der Rezeption wahrgenommen und für ihr selbstsicheres Auftreten bewundert hatte.

Sylvia Scherzer und Julia Wieseneder verstanden sich auf Anhieb.

Rasch entdeckten die beiden eine Fülle von Gemeinsamkeiten wie ihre Vorliebe für sportliche Betätigung, ausgefallene Modeteile, gängige Jazzmusik, alte Schwarz-Weiß-Filme und amüsante Kriminalliteratur.

Was das »Breitner« betraf, hatte Sylvia ihrer Gesprächspartnerin verständlicherweise einiges an Wissen voraus. Deshalb bot sie sich in der Mittagspause spontan als »Fremdenführerin« an, was Ferdinand charmant mit einem »Wer könnte das besser als Sie!« kommentierte.

Auf dem Weg zur Therapieabteilung kam ihnen Michael, die Songzeile »Let's talk about sex, baby« des Salt 'n' Pepa-Hits vor sich hinpfeifend, entgegen.

»A nod is as good as a wink«, konnte sich Sylvia nicht verkneifen, ihm im Vorbeigehen zuzuraunen.

Seine offensichtliche Bewunderung, die ihrer Begleiterin zu gelten schien, war ihr keineswegs entgangen. Es war ihr allerdings nicht bewusst, wie unrecht sie damit hatte.

In der Tat gaben die quirlige, dunkelblonde Sylvia und die elegante, rotbraune Julia ein harmonisches und zugleich gegensätzliches Bild ab, das auch andere Blicke auf sich zog.

Julia jedenfalls war in mehr als einer Hinsicht positiv überrascht.

Angereist war sie mit mächtigen Zweifeln, ob ihre Entscheidung, den Hauptgewinn der diesjährigen Sommerball-Tombola ihres Golfclubs »Drei Tage, zwei Nächte im Biohotel« einzulösen, die richtige gewesen war.

Mittlerweile aber begann sie, Gefallen zu finden – am Ambiente des Hauses, seinen vielfältigen Angeboten, der wunderschönen Umgebung und der reizenden Tischgefährtin, die ihr bereitwillig und gleichermaßen kundig den Hotelkomplex zeigte.

In seinem Büro saß Bernhard Breitner über den Finanzen.

Großartig hatte Robert die Unterlagen für die Buchhaltung vorbereitet. Bis jetzt konnte der Herr des Hauses keine Unstimmigkeiten entdecken.

Er lehnte sich in seinem Drehsessel zurück und rieb sich die müden Augen.

Ja, Robert war in der Tat die Erhörung seiner stillen Bitten nach einer guten Übergabe des Hotels gewesen. Selbst kinderlos, hatte er von Anfang an ein inniges Verhältnis zu seinem einzigen Neffen und Patenkind gepflegt.

Einen potenziellen Nachfolger für sein Lebenswerk hatte er jedoch – schon allein auf Grund der geographischen Distanz zum Wohnort der Familie seiner »kleinen« Schwester und später der gewählten Schulausbildung wegen – in Robert nicht gesehen.

Umso mehr erleichterte es ihn, wie rasch und tüchtig sich sein Neffe einarbeitete und wie viel Freude ihm die Beschäftigung sichtlich bereitete.

Mit einem Male machten alle Investitionen neuen Sinn und die Aussicht, seine Erfahrungen weitergeben und sich über Anstehendes mit jemandem austauschen zu können – wie zuvor über die ärgerlichen Diebstähle – war zusätzlich motivierend.

Ob der Junge den ledigen Namen seiner Mutter annehmen würde, damit weiterhin ein Breitner im »Breitner« die Zügel in der Hand halten konnte?

Ausgelöst durch die Überlegungen zu Roberts Nachnamen wechselten die direktorialen Gedanken zum gestrigen, wenig erfreulichen Gespräch mit Herrn Lehmann.

Dieser aufdringliche Besserwisser wollte ihm doch tatsächlich Tipps zur Umbenennung und zahlreiche andere, großkotzige Vorschläge zur Modernisierung seines Hotels unterbreiten.

Als ob an einem Anreisetag dafür Zeit und Muße wären!

Nur mit Mühe hatte er Lehmann halbwegs höflich aus seinem Büro hinauskomplimentieren können und ein paar Minuten gebraucht, um seine innere Ruhe für ein wirkungsvolles Auftreten beim Willkommensempfang wiederzuerlangen.

Die neu angekommenen Gäste, unter denen er einige erkannte, die bereits einmal oder öfter in seinem Haus abgestiegen waren, hatten andererseits einen sehr angenehmen Eindruck hinterlassen.

Ein Blick auf die Uhr zeigte dem gewissenhaften Hotelier, dass er sich besser erneut seinen Unterlagen widmen sollte. Luftschlösser bauen konnte er danach auf seinem Crosstrainer zeitsparender und figurfreundlicher.

Sylvia schätzte die Maniküre und Pediküre ebenso wie den üblichen Plausch mit Marion, die ihre Hände und Füße pflegend bearbeitete. Von der großen, schlanken Kosmetikerin mit fast knabenhafter Figur erhielt sie bei jeder Behandlung ein amüsantes Update zum Haus und seiner Belegschaft.

Marion war leibhaftig gewordenes Multitasking.

Während ihr Mund nahezu unaufhörlich in Bewegung war, arbeiteten ihre Hände routiniert und gewandt, wohingegen ihr Augenpaar jede kleinste Reaktion ihres Gegenübers wahrzunehmen schien.

»Gut schauen Sie aus! Was, erst einen Tag hier? Na, so etwas! Darf's ein mit Edelsteinen aufbereitetes Glas Wasser mit einer Zitronenscheibe sein? Hier, den Zeigefingernagel muss ich etwas kürzer schneiden, der ist seitlich leicht eingerissen. Oder soll ich ihn vielleicht mit Gel verlängern? Zahlt sich meiner Meinung, selbst wenn ich gegen das Geschäft red', nicht aus – dauert länger, kostet mehr. Und Ihre Haare und Nägel wachsen ja so rasch!«

Dass Miriam ein Baby erwartete, war Sylvia noch vom letzten Aufenthalt in Erinnerung, hatte sie deren Freude darüber doch hautnah miterlebt.

Der böse Sturz von Kerstin über ein hinter ihr abgestelltes Gepäckstück inklusive kurzem Krankenstand und hinderlichem Beingips sowie die Abwesenheit von Personal Coach »Speedy«, der ein Jahr Bildungskarenz in Anspruch nahm, waren allerdings echte Neuigkeiten.

Bis vor zwei Wochen – so erfuhr Sylvia weiters – war die Damensauna wegen der Verlegung neuer Fliesen gesperrt gewesen.

Nach dem ungezwungenen Austausch und dem sprudelnden Informationsfluss genoss Sylvia im Anschluss die Ruhe und Entspannung während ihrer Massage.

Beim Abendessen wussten sich die beiden Damen an »Tisch 8« demgemäß eine Menge zu erzählen.

Julia hatte nach einem gezielten Tipp von Sylvia den Weinwanderweg mit einem kleinen Einkehrschwung erkundet, eine Einheit Zumba besucht und im Bio-Shop bereits ordentlich Geld für gesunde Mitbringsel ausgegeben.

Während des Desserts beschlossen die zwei, den Abend gemeinsam im Spa-Bereich zu verbringen und verabredeten sich für 19 Uhr in der neu gestalteten Damensauna.

Nach zwei schweißtreibenden Durchgängen und Relaxen in herrlich duftenden Zirbenholznischen trafen Sylvia und Julia auf dem Weg zum Salzwasserbecken auf Michael, der sich den Damen spontan anschloss.

Wie fast immer waren auch an diesem Abend lediglich vereinzelte Gäste in der Badelandschaft anzutreffen. So konnten die drei ungestört nebeneinander schwimmen.

Als Sylvia und Julia abschließend den Whirlpool bestiegen, war Michael mit einem Mal verschwunden, tauchte aber kurz darauf mit drei Gläsern Sekt und der verballhornten Songzeile »How Much Prosecco Did I Drink Last Night« wieder auf.

»Gar nicht so leicht, das von der Bar in den Wellnessbereich zu schmuggeln«, grinste er, »aber ein Glas Willkommenssekt gehört einfach dazu. Und wir können Julia doch nicht gut allein trinken lassen?«

Das vertraute »wir« war Sylvia nicht entgangen, wenngleich sie nicht allzu viel in diesen kurzen Satz hineininterpretieren wollte.

Auf einen gelungenen Urlaub konnte man ihrer Meinung nach jedoch gerne mehrfach anstoßen.

»Lieber ein stadtbekannter Säufer als ein anonymer Alkoholiker«, prostete Michael den beiden Damen zu.

Dieser lockere Spruch war Ausgangspunkt für eine Kette von Witzen rund um das Thema Hochprozentiges.

»Gut, dass der Whirlpool außerhalb des Kamerabereichs liegt«, spielte Michael auf die ausgelassene Stimmung an.

»Tatsächlich, da sind ja Kameras! Blow me down – that fact escaped me!«, entfuhr es Sylvia. »Jetzt war ich schon so oft hier, aber die sind mir bis heute echt entgangen!«

»Ist wohl Vorschrift«, warf Julia ein. »Die Überwachung nimmt zu, die Privatsphäre ab.«

»Wenigstens eine, die hier abnimmt«, prustete Sylvia erneut los.

Kein Wunder, dass der Abend in ausgelassener Stimmung, entspannt und in bestem Einvernehmen ausklang.

More Than Words

Einen weiteren strahlend schönen Herbsttag hatte bereits der vergnügte Moderator des lokalen Radiosenders verkündet und dies mit dem Song »It's A Beautiful Day« von Michael Bublé unterstrichen.

Sylvia und Julia vereinbarten beim Frühstück eine gemeinsame Nordic-Walkingrunde, wozu sich Julia allerdings von Yasmin erst die dazu nötigen Stöcke ausleihen musste.

Die junge Kraft an der Rezeption gab sich diesmal um einiges selbstbewusster als gewohnt.

Vielleicht, weil sie ein, sich von der schlichten, weinroten Uniform deutlich abhebendes, edel gearbeitetes Collier in Weißgold mit einem verschlungenen Anhänger, in den drei Diamanten eingearbeitet waren, trug.

»Was für eine wunderhübsche Kette!«, befand Sylvia, und Julia stimmte einmütig zu: »Äußerst geschmackvoll und sicher nicht ganz billig!«

Yasmin schien sich über die Aufmerksamkeit zu freuen. Wie ein Kätzchen, das Rahm geschleckt hatte, stellte Sylvia belustigt für sich fest.

Kerstin andererseits wirkte entgegen ihrer sonstigen Frohnatur missmutig und einsilbig. Sie musste sich merklich um ein zumindest aufgesetztes Lächeln bemühen.

Selbstverständlich war Robert sowohl Kerstins schlechte Laune als auch der sichtlich wertvolle Schmuck seiner anderen Kollegin aufgefallen.

Noch hatte er Yasmin nicht darauf angesprochen, wollte dies aber mit Sicherheit tun.

Zunächst aber hatte er Frau Lehmanns Fragen zum abendlichen Italienischkurs zu beantworten. Sie schien jedoch nicht wirklich bei der Sache zu sein. Ließ sich von Kerstins ungehaltenem Gehabe am Telefon ablenken, kringelte ihre Löckchen mit dem rechten Zeigefinger, schüttelte ungehalten den Kopf und warf Yasmin einen vernichtenden Blick zu.

So konnte es nicht weitergehen, wenn schon Hotelgäste augenscheinlich Anstoß am Verhalten der Rezeptionistinnen nahmen.

Robert musste handeln und die eine Kollegin zu einem freundlichen Tonfall und die andere zum Ablegen des protzigen Schmuckstücks bewegen.

Schließlich war es nicht erwünscht, dass Angestellte sich derart »herausputzten«. Die Hausordnung verlangte dezentes Auftreten – das galt für Make-up, Frisur, Schuhe und genauso für Schmuck.

Die neidvolle Miene Kerstins war ihm natürlich auch nicht entgangen.

Das fehlte gerade noch! Unstimmigkeiten an der Rezeption konnte er gar nicht brauchen. Der Empfang war so etwas wie der erste Eindruck des Hauses, von dem viel abhing. Da hatten Missgunst und Eifersüchteleien unter Kolleginnen keinen Platz.

Außerdem war selbst Robert, der von Schmuck nicht halb so viel wie von Rechenprogrammen verstand, bewusst, dass Yasmin für die Kette ordentlich in die Tasche gegriffen haben musste.

»Hoffentlich in die eigene«, dachte er besorgt. »Sie wird doch um Himmels willen nichts mit den anhaltenden Diebstählen zu tun haben? Da wäre der Boss massiv frustriert.«

Der Gedanke ließ ihn nicht los. Einiges an Yasmins Verhalten kam ihm zunehmend verdächtig vor.

Wohin sie sich wohl regelmäßig verdrückte? Und mit wem sie immer mal »heimlich« telefonierte? Warum kam sie manchmal mit geröteten Wangen und ziemlich aufgelöst an den Arbeitsplatz zurück? Einmal war sogar ihre Bluse falsch zugeknöpft gewesen.

Er beschloss, seine Kollegin unauffällig, aber intensiver im Auge zu behalten. Das hatte er seinem Onkel schließlich versprochen.

Zwischen Julia und Sylvia war das Geschmeide ebenfalls noch kurz Thema.

»Ob die Kleine an der Rezeption einen wohlhabenden Verehrer hat?«, spekulierte Julia. »Sie ist eigentlich nicht der Typ einer *femme fatale*.«

»Your guess is as good as mine«, orakelte Sylvia, bevor sie sich anderen Themen und steileren Anstiegen zuwandten.

An der Rezeption herrschte indessen weiterhin »dicke Luft«, obwohl das glücklicherweise den meisten Gästen verborgen blieb.

Kerstin fühlte sich ausgenutzt, weil Yasmin in den letzten Tagen wieder und wieder mit fadenscheinigen Ausreden von der Bildfläche verschwand und nun auch noch mit ihrer Kette die Aufmerksamkeit aller auf sich zog. In Gedanken wünschte sie ihr statt des Schmuckstücks einen hässlichen, juckenden Ausschlag an den Hals.

Yasmin war sauer, weil Robert ihr schlussendlich eine »Standpauke« gehalten hatte, was ihm – ihrer Meinung nach – nicht wirklich zustand.

Dieser schließlich war verärgert, weil seine Intervention bei Yasmin auf Unverständnis und Aufsässigkeit gestoßen war und Kerstin – trotz sanfter Hinweise – derzeit auch nicht unbedingt als »Aushängeschild« eines Wohlfühlunternehmens bezeichnet werden konnte.

Das war schon mal ein kleiner Vorgeschmack, welche Aufgaben ihn später als Hoteldirektor wahrscheinlich tagtäglich und zigfach herausfordern würden.

Außerdem strich Frau Lehmann erneut um die Theke, schien diesmal jedoch keine konkreten Wünsche zu haben und auch nicht auf Smalltalk aus zu sein wie manch anderer älterer Gast.

Es fiel Robert daher aus mehreren Gründen schwer, sich auf seine Arbeit zu konzentrieren. Deswegen war er heilfroh, sich bald in die Mittagspause und danach ins Büro zurückziehen zu können.

Auf dem Weg zu ihrer nachmittäglichen Yogastunde besorgte sich Sylvia am Empfang rasch Jetons für das Solarium.

Die schlechte Laune von Kerstin hatte sie beim Eintreffen nach der Nordic-Walking-Tour und dem Retournieren von Julias Stöcken sehr wohl bemerkt.

Auch jetzt, allein hinter der Theke stehend, sah man der blonden Hotelangestellten ihren nachhaltigen Missmut deutlich an.

»Viel zu tun heute?«, begann Sylvia das Gespräch, obwohl sich außer ihr niemand im Foyer aufhielt. »Und dann noch dazu ganz allein an der Front? Da sind Sie wahrlich nicht zu beneiden. Noch dazu, wo Sie nach Ihrem Beinbruch wahrscheinlich etwas mehr Schonung bräuchten?«

Die mitfühlende Frage tat Kerstin gut und völlig unüblich nutzte sie die Gelegenheit, um sich ein wenig über ihre Arbeitskollegin zu beschweren: »Keine Ahnung, wo Yasmin schon wieder steckt, aber ich arbeite hier in Wirklichkeit für zwei. Ich konnte mir nicht einmal etwas zu essen holen, und es ist fast drei Uhr!«

Sylvia reichte Kerstin einen Vollkorn-Müsliriegel, den sie eigentlich als Dankeschön für Kathi, die Yoga- und Pilatestrainerin, eingesteckt hatte.

»Vielleicht hilft der fürs Erste – gegen den Hunger und als Belohnung für die doppelte Schicht!«

»Danke, Frau Scherzer, die Stärkung kommt zur rechten Zeit! Soll ich die Jetons auf's Zimmer buchen oder zahlen Sie bar?«

Einer sichtlich besänftigten, weil wertgeschätzten Kerstin händigte Sylvia den geforderten Betrag aus, bevor sie eilends ihrem Entspannungsprogramm zustrebte.

Körperlich und seelisch regeneriert traf Sylvia zum Abendessen ein.

Bereits von der Tür aus sah sie Michael an ihrem Tisch stehen und auf Julia einreden.

»Hi! Du schaust richtig verzweifelt drein. What's the matter?«, erkundigte sich Sylvia. »Was seufzt du?«

»Am liebsten Rotwein, zur Abwechslung mal Sekt. Aber das weißt du ja!«, alberte Apfelbäumchen, wandte sich dann aber Unterstützung suchend an die Hinzugekommene.

»Vielleicht kannst du deine Freundin dazu bewegen, nachher wieder in die Badeanlage mitzukommen. Es war doch so kurzweilig gestern«.

»Tut mir leid«, hielt Julia dagegen, »aber ich bin rechtschaffen müde. Außerdem ist bald meine Lieblingsquizsendung im Fernsehen. Die lasse ich nie aus, allein schon wegen dem schnuckeligen Moderator. Und heute redet nicht einmal mein Mann dazwischen, der sonst alles und jeden kommentiert!«

Julia war fest entschlossen, den Abend auf dem Zimmer zu verbringen. Da würde auch Sylvias Zureden nichts nützen, das spürte diese.

Zudem lag das gar nicht in deren Absicht.

Nur zu gut war Sylvia bewusst, dass es keine Wiederholungen schöner Erlebnisse gab, selbst wenn man sich das manchmal noch so sehr wünschte.

Einlenkend meinte sie: »Egal, wie fröhlich es gestern war, aber ich fürchte, gegen einen eloquent-charmanten Moderator, der auf mehrere Pointenschreiber zurückgreifen kann, kommen wir zwei nie und nimmer an. Ich werde auf jeden Fall eine Spa-Runde drehen. Falls du also mit mir vorliebnimmst, Michael, bin ich gerne dabei.«

»Was haltet ihr von einer Partie Poolbillard, bis das Hauptabendprogramm losgeht?«, schlug Julia versöhnlich vor. »Damit ihr meine Gesellschaft noch ein wenig genießen könnt.«

»Gegen eine Konzentrationsübung und einen Sieg hab' ich nichts einzuwenden«, ließ Michael verlauten.

Sylvia, die nicht unbedingt gewinnen musste, um Freude am Spiel zu haben, ergänzte: »I join the queue.«

Wiederholt hatte Robert nachmittags die Tür zum Büro lediglich angelehnt gelassen, um zu hören, ob und wann Yasmin sich aus der Rezeption entfernte.

Die war allerdings derart gewieft, dass er schlicht und einfach nichts mitbekam.

Kurzfristig hatte der gewissenhafte Angestellte sogar überlegt, sich zwecks effizienterer Beobachtung aus Spiegeln einen »Blick über die Bande« zu basteln, diesen Gedanken aber rasch wieder verworfen.

Abgesehen davon, dass das Vorhaben technisch nicht so leicht in die Tat umzusetzen war – was würden sich Gäste denken, die mit Anliegen ins Büro kämen und dort eine primitive Überwachungsanlage vorfänden?

Eine andere Strategie musste her.

Nach einigen, wenig ergiebigen Überlegungen beschloss der Hobbydetektiv kurzwegs, eben vermehrt unerwartet am Empfang aufzutauchen, um die Lage zu sondieren.

Deshalb gab er vor, einen Schlüssel zu benötigen, danach »vergaß« er seinen USB-Stick an der Theke, einzig um diesen kurze Zeit später wieder abzuholen, ersuchte um einen großen Mokka, obwohl er Kaffee verabscheute, in Folge um ein Glas Wasser, das er nach dem ungewohnten Genuss dringend benötigte und verlangte bald darauf die Kopie einer Buchung.

Nach diesen Aktionen kam er sich verdächtiger vor als die zu Beobachtende und ein wenig schäbig außerdem.

Er schloss die Tür zum Kofferdepot, die irgendjemand unbedacht offen gelassen hatte, und setzte sich erneut hinter seinen Computer.

Mit den Abrechnungsbelegen war er ordentlich im Verzug durch die ständigen Unterbrechungen. Das hieß es nun aufzuholen.

Lieber stöberte er fehlerhafte Formeln in endlosen Tabellen auf als eine durchtriebene, ihn austricksende Kollegin.

In der Rolle des Spions hatte er in seinen Augen jedenfalls kläglich versagt.

Something In The Water

»Irgendwie muss sich die jahrelange Ballbehandlung ja bezahlt machen!«, kommentierte Michael trocken seinen überlegenen Sieg.

»Every dog has his day«, konterte Sylvia, wenngleich ein »You are head and shoulders above us« an dieser Stelle weit angebrachter gewesen wäre.

Julia aber rief überrascht aus: »Jetzt weiß ich, woher du mir so bekannt vorkommst!«, während sie sich mit der flachen Hand an die Stirn schlug. »Österreichisches Handballnationalteam! Jahrelang hing das Poster über meinem Bett, alle Namen konnte ich den Trikotnummern zuordnen. Warte mal, nichts sagen … Michael Malin, nein Martinek, nein … gleich hab' ich's … Martens! Michael Martens, zweite Reihe, rechts außen, Nummer 7, Struwwelkopf damals, aber derselbe freche Grinser. Du warst sogar einmal österreichischer Schützenkönig oder wie das im Handball heißt!«

»Wurfkaiser!«, korrigierte Michael lachend. »Aus ist's mit meinem Inkognitodasein!«

Sylvia staunte nicht schlecht.

Da war also einer ihrer ehemaligen Sportkameraden bis in die Profiliga vorgestoßen. Großartig, was manche aus ihren Begabungen gemacht hatten.

Dunkel erinnerte sie sich, dass Michael auf den Sportkursen regelmäßig den Schwerpunkt »Ballspiele« belegt hatte.

Das war an sich nichts Außergewöhnliches. Ballspiele und Leichtathletik waren die bevorzugten Einheiten der Burschen gewesen, während die Sportler-

innen vermehrt Geräteturnen oder Rhythmische Sport-
gymnastik wählten.

Letzteres war sowieso den Mädels vorbehalten gewesen.

Lediglich die Sparte »Schwimmen« war alljährlich
kläglich unterbesetzt. Da konnten selbst intensive Be-
werbungen des zugegebenermaßen äußerst gutaus-
sehenden Schwimmtrainers wenig ausrichten.

Das Training fand in einem trüben Naturgewässer
statt, das seine abtörnend rötlichbraune Farbe angeb-
lich seinem hohen Eisengehalt verdankte.

Diese Erklärung war zwar nicht unbedingt von der
Hand zu weisen, vielleicht aber einfach nur gut erfunden.

Die schlierigen Algen, speziell rund um die Ein-
stiegsleiter, schreckten jedoch ebenso ab, wie die fehlende Möglichkeit, bei niederschlagsreichem Wetter in
eine Halle ausweichen zu können.

Jene, die sich für den Wassersport anmeldeten,
waren daher echte Fanatiker und dementsprechend
gute Schwimmerinnen und Schwimmer.

Sylvias seinerzeitiger Kommentar »Klar, schwimmen
die schnell! Umso eher sind sie aus der Brühe wieder
draußen!« war prompt einmal zur Pointe des Tages ge-
kürt worden.

Der ungeliebte Teich kam erst spätnachts zu Ehren.
Wie ein Magnet zog er die Wagemutigen und Hormon-
gesteuerten zur – natürlich streng verbotenen – Körper-
kontaktaufnahme mit dem anderen Geschlecht an.

Dann hatte das Mondlicht die ekelhafte Farbe weg-
gezaubert, die Schlingpflanzen waren vergessen und

das Wasser fühlte sich wegen der kühleren Außentemperatur wesentlich angenehmer an.

Michael und Sylvia, eigentlich Apfelbäumchen und Süverl, tauchten sowohl im ebenfalls warmen Thermalwasser wie in der Vergangenheit ein.

Aus der gemeinsamen Erinnerungskiste kramten sie immer weitere amüsante und bemerkenswerte Erlebnisse hervor.

»Weißt du, dass ich praktisch jedes Mal, wenn ich einen Minifrosch sehe, an dich denken muss? Auf einer Wanderung hast du so einen aufgelesen, ihn uns als Stanislaus vorgestellt und minutenlang mitgetragen. Ob der arme Kerl je zurückgefunden hat?«

Sylvia schmunzelte bei dieser Erinnerung.

»Ich hab' ihm doch zu einer kostenlosen Fernreise verholfen. Sogar einen Abschiedskuss hat er bekommen, aber mit der Verwandlung in einen Prinzen wollte es nicht klappen! Wäre vermutlich sowieso ein recht kleiner Prinz geworden. So, forget it!«

Wie unbeschwert sie damals gewesen war, voller Ideale und Phantasien, voller Träume und Erwartungen an das aufregende Leben als Erwachsene.

Sicher würde Michael sich nicht mehr erinnern können, dass sie ihm eines der schönsten Komplimente, die sie je erhalten hatte, verdankte. Tatsächlich rangierte es auf Rang drei ihrer Bestenliste, in der sich übrigens kein einziges von ihrem Ex-Ehemann befand.

Der schlichte Satz »Mädl, du hast ja Humor!« vom etwas jüngeren »Alphamännchen« der damaligen Clique, der selbst flotte Sprüche am laufenden Band lieferte, hatte ihr so viel bedeutet, dass er über all die Jahre in ihrem Gedächtnis hängen geblieben war.

»Was haben wir gelacht, als Wolferl bei der Siegerehrung nach dem Orientierungslauf auf dem Weg zum Podium aus seinen Holzpantoffeln kippte!«

»Ja, der hätte nach seinem raschen Fertigwerden mit den Rätselaufgaben besser nicht in der Buschenschank einkehren sollen.«

»Oder wenigstens dem Ribiselwein etwas weniger zusprechen.«

»Was aus dem wohl geworden ist?«, sinnierte Sylvia. »Ich habe zu fast allen den Kontakt verloren.«

»Keine Ahnung. Aber eine Karriere als Sommelier wäre ihm durchaus zuzutrauen. Vielleicht auch bloß ein kleiner Wirt, und er wäre sein allerbester Gast?«

»Oder er hat passgenaue Clogs erfunden und verdient sich eine ähnlich goldene Nase wie die Dame, die sich heute als *Erfinderin* der Flip-Flops feiern lässt?«

Gleich wie am Vorabend landeten sie zum Abschluss im Whirlpool, wiewohl die Stimmung durch die nostalgischen Rückblicke eine gänzlich andere war.

Mehr als einmal streifte Michael mit Armen oder Beinen bewusst unbewusst an ihr an, bis Sylvia leise lächelnd fragte: »Ist es dazu schon dunkel genug?«

»Ach so, du willst warten, bis die Nacht erst schwarz ist?«

Die Floskel »Ist die Nacht schon schwarz genug?« war ein erneutes Puzzleteil ihrer gemeinsamen Feriensportkurse und gerne zitiert worden, sobald sich ein Pärchen in den nahen Wald verabschiedete oder gemeinsam hinters Haus verschwand.

War die Nacht damals dunkel wie der Teich gewesen, sorgte nun die schaumig-blubbernde Wasseroberfläche dafür, dass zu Verbergendes auch verborgen blieb. Sylvia wich nicht mehr automatisch zurück, als Michaels Wade erneut Kontakt zu ihrer suchte, sondern erwiderte den Druck und schmiegte ihren Unterschenkel an den seinen.

Erfreut nahm Michael wahr, wie ein Teil ihrer Körperspannung abfiel und Sylvia seine Nähe sichtlich genießen konnte.

Wäre jetzt ein passender Moment, sie zu fragen, ob ihr irgendetwas – und falls ja, was genau – zu schaffen machte?

Sylvia jedoch kam ihm zuvor.

»Warst du oder bist du eigentlich verheiratet?«, wollte sie nach der Gesprächspause unvermittelt wissen.

»Nö!«

»Also mehr so ein Rundumbeglücker?«

»Nein, nicht wirklich. Natürlich war ich in meiner aktiven Zeit als Sportler in ganz Europa unterwegs und hatte die eine oder andere flüchtige Beziehung.«

Michael grinste verschmitzt. Man sah ihm an, dass er in dieser Beziehung ebenfalls kein Kind von Traurigkeit gewesen war.

Doch rasch wurde er wieder ernst.

»Zuerst war ich durch die Handballsaisonen in der Europaliga viel unterwegs. Da blieb weder Zeit noch die nötige Stetigkeit für ein festes Verhältnis. Dann war die Phase des Herumreisens vorbei, aber sofort nach meinem – wenn du so willst – Karriereende wurde ich von unserem Hauptsponsor in dessen Marketingabteilung geholt. Da musste ich mich voll auf mein berufliches Vorwärtskommen konzentrieren, um meinen Lebensunterhalt in Richtung Pension abzusichern. Plötzlich war ich 35 und der Zug irgendwie abgefahren: Die Hübschen waren verheiratet, die Klugen überzeugte Singles, die Schwierigen geschieden und unter *schwer vermittelbar* wieder auf dem Markt und die Übriggebliebenen – nicht meine Kragenweite.«

Wieder vergingen einige schweigsam-beredte Minuten, bevor Michael sich vorsichtig nach ihrem Beziehungsstand erkundigte.

Sylvia erzählte in knappen Worten und meinte genau in jenem Moment, als Michael ihr seinen Arm um die Schulter legte, etwas von »so was von genau meine Kragenweite« murmelte und sie ein Stück näher an sich ziehen wollte, bedauernd: »Call it a day! Ich denke, es ist Zeit, aufzubrechen, bevor man uns hinauswirft. Wir sind bereits seit längerem die Letzten, die sich hier noch herumtreiben.«

»Also, ich würde dich mit meinem Leben vor jedem grantigen Hausarbeiter, der endlich Feierabend machen will, sowie besonders vor allen, um Mitternacht erwachenden Wassermonstern beschützen!«, versprach Michael feierlich und half Sylvia überaus galant aus dem Pool.

Willig ließ sie sich den Rücken abtrocknen und in den Bademantel helfen.

Ein Küsschen auf die Wange und ein vertrautes »You've really made my day!« – damit entfernte sich Süverl Richtung Aufzug.

Black Night

Bedächtig schob sich die füllige Reinigungskraft Adele samt ihrer vollautomatischen Bodenwaschmaschine durch die zurückpendelnde Flügeltür der Damengarderobe in den Schwimmbereich.

Wie nahezu jeden Spätabend zog sie ihre Bahnen über die gekachelte Badelandschaft.

Mittlerweile kannte sie jede Unebenheit der Bodenfläche, jede Facette der unregelmäßig gemusterten Fliesen.

Deshalb registrierte sie sofort etwas Ungewohntes, als sie sich näher an den tagsüber stark frequentierten Whirlpool heranarbeitete.

»Wieder ein Scherzbold oder rücksichtsloser Kurgast, der sein Handtuch versenkt hat«, schoss es ihr durch den Kopf, bevor ihre Augen den Bruchteil einer Sekunde später rückmeldeten, dass sie ihre Annahme revidieren musste.

Was sie sah, wollte sie nicht sehen. Reflexartig schlug sie die Hände vors Gesicht. Nur um ihrer nahezu gleichzeitig aufflammenden Neugier und Dienstbeflissenheit umgehend Raum zu geben. Mit pochendem Herzen blinzelte Adele durch ihre Finger – ein Zugeständnis an Anstand und Arbeitsmoral beidermaßen.

Ja, sie hatte sich nicht getäuscht: Da lag eine Person im Pool, die um diese Uhrzeit dort nichts verloren hatte. Zusammengekrümmt, eigenartig verdreht, den Kopf halb im Wasser hing eine zarte Frau mit langen dunklen Haaren, die das Gesicht großteils verdeckten, auf den Sitzstufen.

Die farblich wechselnden, stimmungsvollen Unterwasserscheinwerfer im Pool wollten so gar nicht zu der grotesken Szene passen.

So schnell es ihre Statur zuließ, rannte Adele zum Lift, der sie ins Erdgeschoß zur Rezeption brachte.

Niemand hinter der Theke?

Also einige wenige Schritte weiter bis zum Büro, aus dessen Türspalt Licht in die Lobby drang.

»Herr Direktor! Ah, Sie sind's, Herr Robert! Es is' was Fürchterliches g'scheh'n. Unten. Im – na, wie heißt des? Äh … Wörlpuhl. Da liegt wer. Eine Frau. Ohnmächtig! Oder am End' tot? Kommen's!«

Noch während des aufgeregten Wortschwalls war Robert aus dem Bürosessel geschnellt, hatte kurz auf die Monitore mit den Schwimmbecken im Bild geschaut, wissend, dass der Whirlpool außerhalb des Aufnahmebereichs lag.

Zumindest war nichts Beunruhigendes zu erkennen, und so sprintete er, das Handy vom Schreibtisch aufnehmend, eine Etage tiefer in den Wellnessbereich.

Als Adele mächtig außer Atem hinter ihm ankam, hatte sich Robert bereits ein Bild von der Lage gemacht und die Notrufnummer der Polizei gewählt.

Die Stimme am anderen Ende der Leitung ersuchte ihn, das umzusetzen, was er sowohl aus Kriminalserien kannte als auch sich bereits vorsorglich für entsprechende Situationen festgelegt hatte: Nichts berühren! Auf Ungewöhnliches achten! Auf das Eintreffen der Polizei warten!

Das konnte allerdings dauern.

Die nächste besetzte Station war mehr als 30 Kilometer entfernt.

Robert schickte Adele zum Haupteingang, um die Polizeibeamten, die die Rettung zu verständigen versprochen hatten, zu empfangen.

Er selbst hielt Wache.

Die Situation kam ihm gänzlich unwirklich vor und er sich wie ein Schauspieler ohne jegliche Regieanweisung auf einer unbekannten Theaterbühne.

Deswegen schockierte es Robert vorerst nicht zusätzlich, als er – die leblose Gestalt betrachtend – zu der Auffassung kam, die junge Frau zu kennen.

Langsam dämmerte es ihm, und seine Erkenntnis verschlug ihm dann doch den Atem: Es musste Yasmin sein.

Noch nie hatte er sie mit offenem Haar gesehen. Durch die Feuchte des Wassers wirkte es zudem dunkler als gewohnt. Aber es gab keinen Zweifel.

Mit einem Male wurde dem jungen Mann sehr wohl flau im Magen. Er wandte das Gesicht ab, bekämpfte die aufsteigende Übelkeit durch mehrmaliges Schlucken und regelmäßiges Atmen und überlegte, wann er Yasmin zuletzt gesehen hatte.

Diese Frage würde mit Sicherheit bald von einem der Beamten gestellt werden, der weitere Auskünfte wie Zugänge zum Bad, unbekannte, verdächtige Personen, auffälliges Verhalten von Yasmin verlangen und vieles mehr würde wissen wollen.

Nun, auffällig hatte sich Yasmin seit geraumer Zeit tatsächlich verhalten.

Robert bedauerte plötzlich, seinem Onkel nichts von deren mehrmaligen, längeren Absenzen vom Arbeitsplatz erzählt zu haben.

Das könnte ihm schlussendlich als Nachlässigkeit anstelle von Kollegialität ausgelegt werden.

Zu gerne hätte er herausgefunden, was Yasmin immer wieder von der Arbeit abgehalten hatte. Sein Versagen wurmte ihn nachträglich.

Nicht nur, dass er sich als Detektiv völlig ungeeignet erwiesen hatte, war ihm sein Überwachen auch reichlich unangenehm gewesen. Was, wenn er sie bei etwas Verbotenem – Drogenkonsum etwa – erwischt hätte? Wie hätte er da reagieren sollen?

Da hatte er dann doch lieber Arbeit vorgeschoben und es den drei Affen – nichts hören, nichts sehen, nichts sagen – gleichgetan. Ob er der Mitarbeiterin einen Gefallen getan hätte, ihr nachzuspionieren? Ihr möglicherweise sogar das Leben retten hätte können?

Aus seinen selbstquälenden Gedankengängen wurde der Bedauernswerte durch das Eintreffen von zwei Sanitätern und kurz darauf von zwei Polizisten gerissen, die sich rasch einen Überblick verschafften und dann den Direktor sprechen wollten.

»Der weiß ja noch gar nichts«, entfuhr es Robert, um sogleich mit zittrigen Fingern auf das entsprechende Feld seiner Kontaktliste am Handy zu tippen.

»Onkel, komm bitte rasch in die Badeanlage! Wir haben hier einen Unglücksfall. Polizei und Rettung sind bereits verständigt«, stammelte der aufgeregte Neffe ins Telefon und sah die beiden Polizisten erwartungsvoll an.

»Was passiert denn nun?«, wollte er wissen.

»Die Crew von der Spurensicherung ist informiert und sollte bald kommen. Von den Rettungsmännern wurde zuvor der Tod der jungen Frau festgestellt – die warten jetzt auf den Amtsarzt. Bald wird zusätzlich ein erfahrener Kriminalbeamter eintreffen. Schauen Sie, dass nach einem Lokalaugenschein ein ruhiger Platz zum Aufnehmen Ihrer beider Aussagen gefunden wird. Das wird heute sicher ein langer Abend werden.«

Robert seufzte ergeben. In Kürze würde größerer Aufruhr im Haus herrschen und mehr Polizei ein und aus gehen, als sein Dienstgeber je befürchtet hatte.

Adele hätte sich die Zeit am liebsten mit dem Reinigen der Garderoben oder der Saunaanlage vertrieben. Schließlich war da ihrer Meinung nach noch einiges zu tun, doch die Polizeibeamten verboten ihr zwecks Beweissicherung das Betreten mit und ohne Putzutensilien.

Wenigstens durfte sie sich einen Schluck Wasser holen und brachte geschäftig weitere gefüllte Gläser, mehrere Tassen sowie eine Kanne Kräutertee – sinnigerweise den Nerven- und Beruhigungstee mit Hopfenzapfen, Baldrianwurzel und Kamillenblüten – auf einem Tablett mit.

Mittlerweile war auch der Herr des Hauses eingetroffen und hatte entsetzt, aber – dank seiner langjährigen Routine in Ausnahmesituationen – ebenso gefasst, das Geschehen überblickt und einen kurzen Bericht erhalten.

Nach etlichen Fotos und Abschluss der Untersuchung des Gerichtsmediziners wurde der Leichnam aus dem Whirlpool gehoben und zunächst auf eine

Rettungsdecke gebettet, die im Ernstfall vor Nässe, Kälte und Unterkühlung schützt.

Für die arme Yasmin machte es indessen keinen Unterschied mehr, ob man sie auf die silber- oder goldfarbene Seite bettete. Bedauerlicherweise bestand kein Zweifel über die Identität der Toten.

Robert wurde aufgefordert, die Notfalladresse seiner Kollegin herauszusuchen. Es war höchste Zeit, ihre Angehörigen zu verständigen.

Pflichtbewusst ließ es sich Direktor Breitner nicht nehmen, den Erstkontakt zu Yasmins Eltern herzustellen und sie auf eine traurige Nachricht vorzubereiten. Danach war er allerdings froh, dem neben ihm stehenden, erfahrenen Beamten das Telefon übergeben zu können.

Das geschockte Ehepaar wollte sofort ins Hotel kommen, um ihre Tochter zu sehen und die vorläufige Identifizierung durch deren Chef und seinem möglichen Nachfolger zu bestätigen.

The Times They Are A-Changin'

Irgendetwas war anders!

Noch konnte Sylvia nicht sagen, was. Aber dieser Morgen klang eindeutig anders als ihre unzähligen bisher hier erlebten.

Irgendwie gedämpft, als wäre Schnee gefallen oder als hätte jemand das Hotel in eine dicke Watteschicht gepackt.

Sylvias morgendliche tiefe Atemzüge auf dem Balkon fielen entsprechend verkürzt aus, während ihr ein paar Eindrücke des Tagesausklangs mit Michael ein sanftes Lächeln ins Gesicht zauberten.

Plötzlich klopfte es an der Tür. Kurz vor sieben Uhr! Was sollte das?

»Bitte vielmals um Verzweiflung, Frau Scherzer, es tut uns unendlich leid, aber wir müssen Sie kurz wegen gestern Abend ins Büro bitten.«

Sylvia erkannte Roberts Stimme und entnahm deren Klang, dass Außergewöhnliches vorgefallen sein musste.

Wieder einmal dankte sie ihren Genen, Aphrodite und jeder anderen geheimen Macht, dass sie auch nach dem Aufwachen frisch und – wie ihr des Öfteren versichert worden war – begehrenswert aussah.

Oft hatte sie auf Sportkursen gestaunt, wie lange es bei manchen Zimmerkolleginnen dauerte, bis deren nächtliche Knautschfalten und geschwollene Augen abklangen.

Rasch die Sporthose gegen eine Jeans getauscht, und schon sauste Sylvia die zwei Stockwerke hinunter.

Mit ihrem dezenten Whirlpoolflirt, der noch dazu außerhalb des Kamerabereichs lag, wie sie seit kurzem wusste, konnte die frühmorgendliche Störung wohl nichts zu tun haben?

Oder doch?

Jedenfalls saß neben Direktor Breitner und einer jungen Polizistin ein noch ziemlich verschlafen wirkender Michael, schüttelte bei ihrem Eintreten leicht den Kopf und zuckte unwissend mit den Schultern.

»Frau Scherzer? Herr Martens? Ihre Personalien werden wir später überprüfen. Vorerst ersuchen wir Sie um eine Aussage zu Ihrem gestrigen Abend im Badebereich und zugleich um Diskretion über dieses Gespräch«, wurden sie von einem Polizeibeamten, der sich mit »Eckensperger, Kommissar Gernot Eckensperger« vorstellte, amtlich *begrüßt*.

Mit seinem massiven, durchaus trainierten Körper, seinen kantigen Gesichtszügen und seinen behaarten Riesenpranken entsprach der Kommissar vollkommen dem Klischee eines Polizisten in mittleren Jahren, der verstockte Verdächtige gerne mal »über die Schwelle stolpern« ließ.

Tatsächlich neigte Eckensperger keineswegs zu körperlicher Gewalt. Seine »Waffe« war seine schneidende Stimme, die in entsprechender Lautstärke, verbunden mit derber Ausdrucksweise und insistierendem Nachdruck schon manchen Gauner in die Knie ge- und Geständnisse erzwungen hatte.

»Ist ja schräg!«, dachte sich Sylvia nach eingehender Musterung des Beamten. »Was geht die Polizei mein spätabendliches, absolut züchtiges Nicht-einmal-Techtel-Mechtel an?«

Sie hütete sich allerdings, ihre Gedanken auszusprechen und wartete geduldig auf die erste Frage.

Nicht so Michael.

»Darf ich fragen, wozu Sie unsere Aussage benötigen?«, wollte er wissen, was jedoch von dem Beamten geflissentlich übergangen wurde.

»Den Aufzeichnungen zufolge waren Sie beide«, dabei sah er von Sylvia zu Michael, danach wieder auf den Notizblock vor sich, »bis 21 Uhr 37 im Salzwasserbecken.«

Sylvia und Michael schwiegen, bis sie merkten, dass der Beamte auf eine Bestätigung von ihnen wartete.

»Wird in etwa hinkommen«, versuchte sich Michael mit einer beiläufigen Antwort. »Wir haben beim Verlassen des Pools nicht auf die Uhr gesehen.«

»Versteht sich.«

»Hätte auch keinen wirklichen Sinn gemacht«, ergänzte Michael sehr zum Missfallen des Kommissars, der bereits zu einer weiteren Frage angesetzt hatte. »Die Uhren in diesem Haus sind nämlich – keine Ahnung warum – nicht funkgesteuert. Das bedeutet: Jede zeigt ihre individuelle Zeit, die sich wiederum nicht mit der Angabe auf den aufgezeichneten Bildern der Kameras decken wird. Wenn Sie beispielsweise den Speisesaal mit Blick auf die dortige Wanduhr um eine bestimmte Zeit verlassen, zur Rezeption gehen und auf den dahinter montierten Zeitmesser blicken, daraufhin den Weg zum Freiluftpool nehmen, dort die Zeiger der Uhr an der Außenwand ablesen und danach auf das Chronometer in der Cafeteria schauen, finden Sie – gleichwohl

Sie geschätzte vier Minuten unterwegs waren – an jeder Uhr dieselbe Zeitangabe vor. Ich habe das getestet!«

»Was haben Sie danach gemacht?«, Eckensperger überging auch diese Ausführung Michaels gekonnt.

»Wir sind bis knapp nach 22 Uhr im Whirlpool gesessen«, berichtete Sylvia wahrheitsgemäß. »Von dort bin ich mit dem Lift in den zweiten Stock gefahren und umgehend in mein Zimmer hinein.«

»Bis zum Lift waren wir knapp hintereinander unterwegs«, begann Michael seine Darstellung.

Dass er dabei Sylvias knackigen Po vor Augen hatte, der zu seinem Bedauern züchtig vom Bademantel verhüllt gewesen war, ließ er taktvoll aus. Obwohl ihm Süverls Kehrseite durchaus erwähnenswert schien.

»Ich bin dann zu Fuß bis vor das Haupttor und habe einfach ein wenig in den Sternenhimmel geschaut, weil die Nacht so schön schwarz war.«

Michael musste schmunzeln.

Warum, verstand ausschließlich Sylvia.

»Das müsste übrigens von der Kamera am Eingang erfasst worden sein.«

Ein drittes Mal ging Eckensperger reaktionslos zur nächsten Frage über: »Ist Ihnen gestern irgendetwas Ungewöhnliches aufgefallen?«

»Im Whirlpool, beim Verlassen der Badelandschaft oder vor dem Eingang?«

Der Polizeibeamte hatte entschieden Michaels Angriffslust geweckt.

Kalmierend ergriff Sylvia das Wort.

»Mir nicht, alles war wie sonst auch. Außer, dass gestern noch weniger Gäste in den Pools waren und alle relativ bald gegangen sind. Lag vermutlich an der beliebten Quizshow im Fernsehen?«, mutmaßte sie abschließend.

Michael schüttelte lediglich verneinend den Kopf, musste indessen unbeabsichtigt grinsen, als er überlegte, ob er Eckensperger mit Hinweisen auf Sylvias gefällige Figur doch zu einer Antwort auf seine inspirierenden Einwürfe herausfordern könnte.

Mit einem schnoddrig hingeworfenen »Wir werden Ihre Aussagen überprüfen. Holen Sie bitte einen Lichtbildausweis! Dann können Sie unsere Niederschrift durchlesen und unterschreiben, falls alles passt und Sie nicht etwas hinzufügen möchten« wurden die beiden relativ abrupt entlassen.

»There's trouble brewing«, raunte Sylvia Michael im Hinausgehen zu. Aus dem Tonfall ihrer scherzhaften Bemerkung war deutlich mitschwingende Unsicherheit und ein gewisses Unbehagen herauszuhören.

Kaum hatte sich die Tür hinter den beiden geschlossen, meinte der Hoteldirektor entmutigt und zudem ein wenig verdrossen, weil ein langjähriger Stammgast sowie ein namhafter, ehemaliger Spitzensportler seiner Ansicht nach völlig unnötig belästigt worden waren: »Na, das hat ja rein gar nichts gebracht!«

Eckensperger schenkte auch jenem Einwand keinerlei Aufmerksamkeit.

Bei einigen galt er wegen dieser Angewohnheit als verschroben, wortkarg. Nicht wenige hielten ihn für arrogant oder sogar verwirrt.

Das alles traf es nicht im Geringsten.

Sobald der langgediente Ermittler einen neuen Fall zu lösen hatte, begannen seine Gehirnwindungen zu arbeiten, mehr noch, zu rotieren. Er spann Gedanken, verwarf sie, baute aufkeimende Ideen aus, stellte Querverweise und Zusammenhänge her, verglich Vorhandenes mit alten Fällen.

Während seine Synapsen also auf Hochtouren neue Verbindungen herstellten, schaltete er in der direkten Kommunikation auf Sparmodus.

Alles Denken war ausschließlich auf die Lösung des Falls ausgerichtet, schnurstracks unterwegs wie auf einer pfeilgeraden Schnellstraße. Einwände, Rückfragen oder Hinweise von Zeugen, besonders ähnlich provokante wie jene von Michael, hielt er für geschlossene Bahnschranken auf seinem zielgerichteten Weg. Lästige Stolpersteine die ihn hinderten, Fahrt aufzunehmen und seinen Endpunkt ehebaldigst und ohne Umwege zu erreichen. Deshalb hielt er auch nichts von Mindmaps, Brainstorming, Diagrammen sowie kognitiven Karten.

Gedankliche Nebenstraßen, Umleitungen oder Sackgassen sollten seine Mitarbeiter und Mitarbeiterinnen (und zwar genau in dieser machomäßigen Reihenfolge) abklappern. Die ihn unterstützende Kollegenschaft war instruiert, ihre Beobachtungen zu dokumentieren, auf Körpersprache der Befragten zu achten, die Gespräche aufzunehmen und zu analysieren – kurzum die Umgebung im Blick zu haben, während Eckensperger die Direttissima bevorzugte.

Der Kommissar tauchte unvermutet aus seiner inneren Welt auf.

»Freilich hat die Vernehmung etwas gebracht. Die Aussage von Herrn Martens stimmt mit der Auswertung der Kamera oberhalb des Haupteingangs überein. Schade übrigens! Der Täter muss die Örtlichkeit und die Gegebenheiten sehr genau kennen. Das hätte zu diesem Kerl mit dem lockeren Mundwerk gepasst. Zudem wusste er, dass man über die Schiebetür von der Außenanlage ungefilmt bis zum Whirlpool gelangt. Auch, dass für die Tat das Zeitfenster zwischen Badeschluss um 22 Uhr und Eintreffen des Reinigungspersonals gegen 23 Uhr ideal war.«

Nach einer kleinen Nachdenkpause, in der er überlegte, ob Michael möglicherweise nach dem Betreten des Hotels durch den Haupteingang über ein Fenster im Erdgeschoß ins Freie geklettert und solcherart zum Whirlpool zurückgekehrt sein könnte, fügte er hinzu: »Das wollte ich Sie in der Nacht schon fragen: Wieso wird hier nicht wie anderswo in den frühen Morgenstunden geputzt?«

»Es hat sich gezeigt, dass wir im Nassbereich mit wesentlich weniger Chemie auskommen, wenn die Wasserlachen und Spritzer nicht stundenlang stehen bleiben und somit Kalk ablagern. Als Biohotel nehmen wir selbstverständlich die Verantwortung für den ökologischen Fußabdruck unseres Hauses sehr ernst. Umweltbewusstsein und Nachhaltigkeit liegen mir am Herzen, und das Reinigungspersonal schätzt den etwas höheren Stundenlohn, der in dieser Zeitspanne bezahlt wird. Herr, Kommissar, darf ich meinen Neffen hereinbitten? Nach der durchwachten Nacht fühle ich mich ausgelaugt und ein wenig überfordert.«

Im Beisein von Robert fasste Eckensperger den aktuellen Stand der Dinge zusammen: Yasmin Schachinger war nach erster grober Schätzung der Gerichtsmedizin zwischen 22 und 23 Uhr mit einem weichen Textilband – einem schmalen Schal oder auch einer Krawatte – erdrosselt worden.

Den Todeszeitpunkt würde man nach Berechnungen mit der gemessenen Wassertemperatur noch exakter bestimmen können. Viel Spielraum gab es sowieso nicht zwischen dem Abgang von Frau Scherzer und Herrn Martens und dem Auffinden der Leiche durch die Reinigungskraft und den Juniorchef.

Die Auswertung der Faserspuren am Hals sollte ebenfalls in den nächsten Stunden abgeschlossen sein.

Dann würde man gezielt nach dem Tatwerkzeug suchen können. In unmittelbarer Nähe des Auffindungsorts hatte man nichts Entsprechendes gesichtet, hingegen auf einer Outdoorliege nahe der Schiebetür Yasmins Kleidung und Umhängetasche entdeckt.

Auf den ersten Blick fehlte ausschließlich ihr Mobiltelefon.

Ein kleiner Suchtrupp aus Beamten der umliegenden Polizeistationen würde einen erweiterten Radius absuchen sowie Schwimmbecken, Abfalleimer und die herbstlich farbenfrohen Blumenbeete rund um das Gebäude genauer unter die Lupe nehmen müssen.

Unklar war, ob sich Yasmin am Whirlpool mit jemandem hatte treffen wollen. Spuren einer weiteren Person waren jedenfalls bislang nicht entdeckt worden. Auffällig war – neben dem Strangulationsmal – ein zweiter, nicht rundum sichtbarer Abdruck um den Hals, der augenscheinlich von einer grobgliedrigen Kette herrührte.

Yasmins Eltern hatten auf Nachfrage der Polizei das Halskettchen mit Schutzengelbild und Taufdatum auf der Rückseite, das ihre Tochter ihres Wissens nach jeden Tag trug, unversehrt in deren Schmuckschatulle vorgefunden. Darauf konnten sie sich keinen Reim machen. Von einer anderen Kette wussten sie nichts zu berichten.

Dazu fiel jedoch Robert Weiterführendes ein.

Beschreiben konnte er das neue, auffällige Schmuckstück, das bereits im Vorfeld Ärger ausgelöst hatte, allerdings nicht wirklich.

»Gold halt, oder Silber? Und so ein Schnörkel dran mit glitzernden Steinen. Zwei oder drei relativ untereinander, höchstens vier.«

Robert merkte, dass er wahrlich keine Unterstützung war, wusste aber zumindest, wer in dieser Hinsicht hilfreich sein könnte.

So wurde Sylvia nach dem Unterzeichnen des Protokolls zu ihrer Verwunderung ein weiteres Mal um Auskünfte ersucht.

Vollends in ihrem Element, konnte sie das edle Collier nicht bloß plastisch beschreiben, sondern zudem eine ziemlich detailgetreue Bleistiftskizze in ungefährer Originalgröße anfertigen.

Dem Lob des Inspektors zuvorkommend, meinte sie: »Kleidung, Make-up und Schmuck nehme ich sehr aufmerksam wahr. Da bin ich stets auf dem Laufenden. Ketten und Broschen habe ich hobbymäßig sogar selbst angefertigt. Irgendwie bekommt man da einen speziellen Blick dafür.«

Auf die Frage, wem Yasmin das ausgefallene Stück zu verdanken habe, wusste Sylvia absolut nichts zu erwidern.

»Sorry, aber mir werden selten Gerüchte erzählt. Dafür bin ich anscheinend nicht der Typ und wohl auch zu selten hier. Marion Binder aus der Kosmetikabteilung könnte dazu eine recht gute Anlaufstelle sein.«

Obschon Eckenspergers Gehirn mittlerweile auf Höchstgeschwindigkeit ratterte, brachte er ein knappes »Sie waren uns eine große Hilfe« über die Lippen.

»Ganz im Gegensatz zu Yasmins Schutzengel!«, dachte Robert halblaut. »Aber wie soll der Arme denn seine Aufgabe erfüllen, wenn er seiner Freiheit beraubt unter Verschluss gehalten wird?«

What Are You Waiting For

Die nächste, die Robert zur Befragung bitten musste, war Marion, die vor kurzem in der Kosmetikabteilung eingetroffen war und dort Duftöle in die aufgestellten Keramiklampen füllte, während sie immer wieder an ihrer selbstgebrauten Zitronen-Honig-Ingwer-Limonade nippte.

Eckensperger hatte das direktoriale Büro kurzerhand zu einer Außenstelle umfunktioniert, damit er bequem vor Ort ermitteln konnte. Telefon, Computer, Scanner, Drucker – alles Notwendige war vorhanden, und das Service ließ, wie er feststellte, ebenfalls nichts zu wünschen übrig.

Er schlürfte bereits seinen dritten Kaffee und nützte die kurze Wartezeit, sich der oberen Hälfte seiner Biomarmeladesemmel zu widmen

Absichtlich hatte er sich für »den jungen Breitner« als Boten anstelle seiner Beamtin entschieden, um einen gewissen Überraschungseffekt für die »Verhöre« nutzen zu können.

Zunächst hielt sich Marions Begeisterung, ihre morgendlichen Zeremonien vor Dienstbeginn unterbrechen zu müssen, in Grenzen.

Bei der Befragung aber war sie in ihrem Element und mit ihrem Faible für Klatsch und Tratsch eine reichhaltige, wenn auch wenig strukturierte Fundgrube für Eckenspergers Nachforschungen.

Dem brummten bald beide Ohren, als Marion ausschweifend und ohne Luft zu holen, ihr Wissen vor ihm ausbreitete.

Selbstverständlich wusste sie, woher Yasmin die Kette hatte.

Das war nämlich wie folgt gewesen: Yasmin ist – um Himmels willen, natürlich *war*, es ist einfach nicht zu fassen – ja so ein Fan von Schlagermusik, während Marion doch eher Softpop bevorzugt, außer auf Volksfesten vielleicht auch ganz gerne Volksmusik und volkstümliche Musik hört. Die Grenzen sind ja ziemlich fließend, und nein, Eckensperger kannte die – wie er sie alle spöttisch bezeichnete – »Kreuzfidelen Hinter-Vorder-Obertaler« nicht und hatte weiters keine Ahnung, warum ein Krügel Bier während der Livemusikdarbietung mehr kostete als auf der restlichen Veranstaltung.

Und ja, Yasmin war an einem ihrer freien Nachmittage ins noble Konkurrenzhotel »Thermenblick« gegangen, um den dort logierenden Publikumsliebling Jonny Schlager (nomen est omen) abzupassen und eines seiner begehrten Autogramme zu erhalten. Schließlich hatte sie seine letzten fünf, nein sogar sechs CDs gekauft und da wäre es doch recht und billig, dass er ihr die signierte.

Während Yasmin also im feudalen Entrée des Promischuppens auf ihr Idol wartete, hatte sie logischerweise ausreichend Zeit, die Luxusartikel in den Vitrinen im Foyer zu bestaunen.

Begreiflicherweise waren Eckensperger auch all die Designer und hochpreisigen Parfummarken unbekannt und zudem völlig egal, die Marion ihm langatmig und ehrfurchtsvoll aufzählte.

Jedenfalls hatte Yasmin dort in einer der Auslagen dann diese »wahnsinnig teure, sautolle« Kette, ein

»Kolljee« halt, entdeckt, die sie unbedingt haben wollte und sofort einen Plan entworfen, diese zu bekommen.

»Und von wem hat sie das Schmuckstück also erhalten?«, unterbrach Eckensperger Marions Endlosschleife.

»Wie soll ich das wissen?«, entgegnete die redefreudige Kosmetikerin zerknirscht und aufgebracht zugleich.

»Sie haben doch angegeben, Sie wüssten, woher Frau Schachinger die Kette hat«, zischte Eckensperger entnervt.

»Aus dem ‚The-eeermenblick'! Hab' ich doch schon gesa-agt! Aber von *wem* sie sie bekommen hat, weiß ich nicht. Da hat sie ein großes Geheimnis draus gemacht. Wahrscheinlich von einem Mann. Einem verheirateten, wenn Sie mich fragen. Vom Jonny definitiv nicht. Von dem hat sie nicht einmal ein lausiges Autogramm gekriegt! Da war die Yasmin aber stinksauer. Das verstehen Sie doch?«

Eckensperger verstand und entließ Marion, bevor diese zu erneuten, im Nichts endenden Ausführungen ansetzen konnte.

Im Nachhinein schätzte er die präzise und knappe Berichterstattung Sylvias.

Immerhin wusste er nun, in welche Richtung seine Nachforschungen laufen mussten. Hoffentlich erinnerte sich jemand im Schmuckladen des Hotels an den Käufer.

Robert hingegen war bass erstaunt, was seine Kolleginnen in ihrer Freizeit trieben und wie wenig er davon mitbekommen hatte.

Ein weiterer Beweis, dass er als Überwacher rein gar nichts taugte.

»A fine friend you are!«, empfing Julia ihre Tischgefährtin vorwurfsvoll und ein wenig boshaft auf deren Schwäche für englischsprachige Redewendungen anspielend, als Sylvia endlich zum Frühstück geeilt kam. »Du hast mich heute Früh in der Morgengymnastik im Stich gelassen, und nun kommst du auch mit einem mächtigen Delay daher!«

»Dir gleichfalls einen schönen guten Morgen! Wobei meiner die Attribute aufregend und durchwachsen eher verdienen würde!«

»Jetzt hast du mich echt neugierig gemacht! Überhaupt liegt etwas in der Luft. Herr Robert sieht aus, als hätte er die Nacht durchgezecht, der Direktor hält irgendwelche Konferenzen in seinem Büro ab, und die Zugänge zum Nassbereich sind alle gesperrt, wurde mir berichtet.«

Noch während Sylvia überlegte, ob sie von ihrem morgendlichen Sonderprogramm und dem bisschen, das sie sich zusammenreimen konnte, erzählen sollte, erschien Direktor Breitner und verschaffte sich Aufmerksamkeit, indem er mit einem Messer an ein Wasserglas klopfte.

»Es tut mir leid, werte Gäste, Sie beim Frühstück stören zu müssen. Leider hat sich letzte Nacht ein tragischer Unglücksfall ereignet, der einige Unannehmlichkeiten mit sich bringt. Wir haben die Polizei im Hause, der ich bereits alle Meldeblätter aushändigen musste. Weiters ist zumindest für diesen Tag die komplette Badelandschaft inklusive der Außenanlagen gesperrt. Ich darf Sie um Entschuldigung für die Unannehmlichkeiten ersuchen und ...«

»Das ist wohl das Geringste! Ein Wellnesshotel ohne Poolnutzung! Da kann ich mich ja genau so gut in einem Berggasthof einquartieren!«, kam es schneidend von Frau Oberschulrätin Bachmayr.

»… und Ihnen gleichzeitig ein paar Angebote machen, wie sie den Tag sinnvoll und den Umständen entsprechend angenehm verbringen können. Selbstverständlich können unsere Privatgäste ihren Urlaub bei uns ohne Stornogebühr abbrechen. In diesem Fall ersuchen wir – das ist von der Polizei so angeordnet – bekanntzugeben, wie Sie für eventuelle Rückfragen erreichbar sind. Unsere geschätzten Kurteilnehmerinnen und -teilnehmer müssen wir jedoch um ein Ausharren bitten. Ausfallende Verordnungen, wie Aquagymnastik oder Kneippanwendungen, werden durch andere Therapien ersetzt beziehungsweise demnächst nachgeholt.«

Nach anfänglicher – zum Ereignis passender – Totenstille machte sich zunehmend Gemurmel breit.

»Lassen Sie mich, bevor Sie Entscheidungen fällen oder sich beraten, noch meine Angebote vorstellen: An der Rezeption erhalten Sie gratis Jetons für unsere Sonnenbetten, im Gymnastikraum findet zu jeder vollen Stunde eine 25minütige Einheit Wirbelsäulen-Fit statt, jeweils zur halben Stunde gibt es intensiveres Bauch-Beine-Po-Training. Alle Fahrräder, inklusive Elektrobikes, können zum Halbpreis entlehnt werden. Unsere Diätassistentin Ilona steht im Kursalon für kostenlose Einzelberatung zur Verfügung. Dazu tragen Sie sich bitte in die aufliegende Terminliste ein. Nützen Sie aber auch gerne alle üblichen Angebote des Hauses wie Tischtennis, Billard, Tischfußball, die Kraftkammer, den Fitnessparcour und unsere zahlreichen Wanderwege in der Umgebung. Smoveyringe, Walkingstöcke werden gegen einen Entlehnzettel ausgehändigt. Wer das Haus verlässt, muss sich bitte diesmal gewissenhaft in unser Ausgehbuch eintragen – polizeiliche Anweisung.«

Sichtlich erschöpft verabschiedete sich der Hoteldirektor. Ein weiteres Mal musste er den Text im neuen Speisesaal vortragen.

Die nächsten, gleichlautenden Ansprachen im Viertelstundentakt für die noch eintreffenden Frühstücksgäste oder Uninformierten würde Robert erledigen, der zwischenzeitlich Handzettel mit ähnlichem Inhalt an den neuralgischen Stellen im Haus zu affichieren hatte.

Should I Stay Or Should I Go

»Was meinst du, was passiert ist?«, wollte Julia wissen.

Sylvia war unentschlossen, ob und wie viel sie ihrer neuen Freundin anvertrauen konnte. Sicher würde auch hier der Flurfunk rasch in die Gänge kommen. Aus diesem Grund schob sie den Gedanken an die von polizeilicher Seite erbetene Diskretion kurzerhand beiseite.

»Es muss irgendwie mit dem exklusiven Collier von Yasmin zu tun haben. Robert konnte es nicht beschreiben, also hab' ich es ihnen aufgezeichnet. Ein Phantombild einer Kette angefertigt, sozusagen.«

»Nicht schlecht, mal was Neues! Großartig, was du draufhast!«

»It's not rocket science!«

»Apropos, Herr Robert! Der kämpft dort bei der Speisesaaltür mit Klebeband und Zettelstoß. Ich denke, er könnte Hilfe gebrauchen. Vielleicht bekomm' ich irgendwelche Einzelheiten heraus!«

Und schon war Julia, ihre Hilfe anbietend, unterwegs, während Sylvia endlich zum Frühstücken kam. Entgegen ihrer sonstigen Angewohnheit schenkte sie den gesunden Köstlichkeiten wenig Aufmerksamkeit, sondern überlegte angestrengt, wie sie ihrerseits an weiterführende Informationen gelangen könnte.

Viel Zeit blieb ihr nicht. Michael tauchte unerwartet auf. »Wie geht's der hübschen Verdächtigen?«

Eine sanfte Röte stieg in Sylvias Gesicht.

Ärgerlich, dieses Zeichen von Irritation und Scham, das ihr von Kindheit an geblieben war.

Ihr Exmann hatte sie immer wieder damit aufgezogen und die unerwünschte Gesichtsfarbe auch herrlich provozieren können.

Zu ihrem Bedauern schien dagegen kein Kraut gewachsen zu sein. Die Zeiten, in der Frauen, die sanft erröteten als tugendhaft galten, waren längst vorbei; jene, in denen dies als sexy oder erstrebenswert angesehen werden würde, lagen – wenn überhaupt – in weiter Zukunft.

Ein solcherart sinnloses Verhalten führte einzig und allzu leicht dazu, falsch verdächtigt zu werden. Als wäre man mit der aufflammenden Hitze im Gesicht nicht bereits genug gestraft.

»Steht ihr ausgezeichnet, die leichte Unsicherheit«, stellte Michael hingegen wohlgelaunt für sich fest. »Hoffe, sie denkt an gestern Abend.«

»Geht mir recht gut. Ich musste ja nochmals vor den strengen Kommissar.«

In wenigen Sätzen wurde Michael über die Neuigkeiten informiert.

»Momentan denk' ich nach, was denn vorgefallen sein könnte. Julia ist grad unterwegs, um *Herrn* Robert auszuhorchen.«

»Muss etwas Gröberes sein. Wegen Diebstahl oder Raub sperren die doch nicht die gesamte Badeanlage! Raubmord vielleicht? Totschlag wär' natürlich ebenfalls eine Option. Vielleicht hat Yasmin einem cholerischen Gast den falschen Schlüssel ausgehändigt?«, meinte Michael nicht ganz ernsthaft. »Oder Mord aus Eifersucht? Ich glaube, die Mädels von der Rezeption haben alle ein Auge auf den künftigen Hotelerben geworfen, und nun wird eine nach der anderen kaltblütig hingemetzelt, bis nur mehr eine übrig bleibt. Die kriegt dann aber wahrscheinlich keinen Ehering angesteckt, sondern Handschellen angelegt.«

»Mit Eifersucht oder Neid könntest du nicht unrecht haben«, stimmte Sylvia nachdenklich zu. »Kerstin war zuletzt ziemlich sauer auf Yasmin, weil diese ihrer Meinung nach zu wenig gearbeitet hat. Und neidisch wegen des Colliers war sie mit Sicherheit ebenso. Ob ich das dem Kommissar melden soll?«

»Und dann hat sie der armen Yasmin eins über den Schädel gezogen und ihr die Kette abgenommen.«

Michael deutete zur Unterstreichung seiner Vermutung eine wuchtige Schlagbewegung an.

»Reminiszenzen an ein Handballtor?«

Julia war strahlend und mit Neuigkeiten im Gepäck zurückgekommen. »Also, folgendes konnte ich herausbringen: Ihr werdet es nicht glauben, aber Yasmin hat's leider wirklich erwischt. Ermordet, stranguliert um genau zu sein. Armes Ding.«

Der Tonfall passte nicht recht zum bedauernden Abschluss ihrer Erzählung. Die Aussicht, einen Kriminalfall hautnah mitzuerleben, ließ echtes Mitleid gar nicht erst aufkommen.

»So weit waren wir auch schon«, stellte Michael lapidar fest, während Sylvia sich insgeheim über das neuerliche »wir« freute, »lediglich die Todesursache war noch offen. Was hast du mit deinem Charme weiters herausgefunden?«

»Charme ist gut! Ein wenig geheucheltes Bedauern, ein paar Andeutungen, wie viel mir mittlerweile zu

Ohren gekommen ist und ein größerer Schein ins Sparschwein an der Rezeption hatten wohl stärkere Wirkung. Viel mehr gibt's allerdings nicht zu sagen. Yasmins Handy fehlt. Der Kommissar lässt deswegen alles auf den Kopf stellen. Die Tat muss bald nach 22 Uhr passiert sein. Direkt im Whirlpool, und keiner weiß, was das Mädel dort zu suchen hatte. Angestellten ist die Nutzung nicht einmal erlaubt.«

Bei der Bemerkung »Direkt im Whirlpool« trafen sich Süverls und Apfelbäumchens ungläubige Blicke. Ein kalter Schauer rann über Sylvias Rücken.

»That sends chills down my spine«, murmelte sie betroffen.

Michael wischte die aufkommende Beklemmung beiseite: »Dann lass' ich die beiden Hobbydetektivinnen mal alleine. Ich hab' einen Ultraschalltermin. Danach fällt meine Wassergymnastik aus, und ich bin frei bis zum Mittagessen. Was haltet ihr von einer gemeinsamen Radtour um zehn?«

Im Speisesaal saßen beziehungsweise standen etliche Grüppchen beisammen.

»Also, ich reise sofort ab!«, stellte Oberschulrätin Bachmayr entschlossen fest. »Meine Beschwerde wegen eines neuen Zimmers hat bislang nicht gefruchtet. Jetzt muss ich zudem um mein Leben bangen. Hier war ich genau zweimal: das erste und das letzte Mal.«

Drehte sich um und entschwand.

Keine ihrer drei Tischgefährtinnen versuchte, sie von ihrem Entschluss abzubringen.

»Und tschüss, du alte Schreckschraube!«

Frau Schwab, die für ihre direkten und oft bissigen Kommentare bekannt war, wandte sich an Hofratswitwe Nirnberger, eine gebrechliche und bereits etwas demente alte Dame, die Sylvia von früheren Aufenthalten kannte.

»Und was gedenken Sie zu tun?«

»Nun, die sportlichen Angebote sind alle nichts für mich. Um zehn Uhr bekomm' ich eine Fangobehandlung für meine Knie. Vielleicht probier' ich danach das Solarium aus. In so etwas war ich noch nie.«

»Na, dann passen Sie aber gut auf, dass sie nicht verbrutzeln. Wer weiß, ob Sie von den kniehohen Liegen von alleine aufkommen. Für alle Fälle gibt es dort einen Notfallknopf. Aber da werden Sie wahrscheinlich lange warten müssen, bis Sie heut' einer holt. So beschäftigt wie alle sind. Trinken's besser keinen Brennnesseltee und entleeren Sie vorher sicherheitshalber Ihre Blase. Man weiß ja nie!«

Hermine Nirnberger stützte sich betont gelassen auf ihre Gehhilfe: »Ich hab' doch meinen Hausfreund dabei! Wissen Sie, warum ich den Stock so nenne? Erstens ist er immer an meiner Seite, zweitens ist er meine Stütze und drittens widerspricht er nicht!«

Damit watschelte sie davon.

»Senile alte Spinatwachtel! Diesen Hausfreundkram hat sie mir mindestens schon dreimal erzählt.«

Nicht bloß Frau Schwab, auch die meisten anderen Hotelgäste kannten die launige Aufzählung der redseligen Witwe. Sylvia hatte mehrmals lachend ergänzt: »Und viertens können Sie ihn, wenn es notwendig werden sollte, bequem unters Bett schieben!«

Was die alte Dame jeweils mit einem »Das ist gut! Das muss ich mir merken!« quittierte.

Frau Schwab bestellte einen weiteren Kaffee und hielt nach ihrer bevorzugten Zeitung Ausschau, die sie alsbald in den Händen eines gemütlich wirkenden Kurgasts mit enormem Bierbauch entdeckte.

»Lassen Sie mir hoffentlich ein paar Buchstaben drin, damit ich auch noch was zu lesen habe, wenn Sie endlich fertig sind?«

Mit einem liebenswürdigen »Aber gerne, meine Gnädigste. Mit dem größten Vergnügen, Ihnen dienlich sein zu dürfen!« überreichte der Gefragte ihr das so forsch Gewünschte und schaffte damit etwas mit Seltenheitswert: Frau Schwab, ganz Dame, bedankte sich höflichst und verschwand kleinlaut an ihren Tisch.

Hildegard Lehmann hingegen wirkte unschlüssig und deutlich zerfahrener als üblich. »Karl-Richard, ich will auch abreisen, hörst du? Ich möchte nach Hause, unsere Kinder wiedersehen. Die würden uns sicher ebenfalls raten, den Urlaub abzubrechen.«

»Bist du von Sinnen? Natürlich reisen wir nicht ab. Du schaust, dass du möglichst viele der kostenlosen oder vergünstigten Angebote wahrnehmen kannst, und ich werde diesen Neandertalern hier unter die Arme greifen. Direktor Breitner braucht jetzt einen erfahrenen Geschäftsmann wie mich an seiner Seite. Sein Neffe ist ja noch grün hinter den Ohren. Sogar die Polizei wird meine Hilfe dankbar annehmen, dessen bin ich mir sicher.«

»Gewiss, mein Lieber! Dann laufe ich mal an die Rezeption und sehe, was sie mir empfehlen.«

Bad Moon Rising

Der Kommissar, den kurz geschorenen Schädel in die Hände der aufgestellten Unterarme gestützt, sichtete seinen Notizblock.

Einigen Hinweisen hieß es nachzugehen, Aussagen waren zu überprüfen. Vor allem der Schmuckkauf im »Thermenblick« schien in eine vielversprechende Richtung zu weisen.

Selbstverständlich musste er die Ergebnisse der Autopsie und der Spurenauswertung abwarten, obwohl er von all den hochmodernen Hilfsmitteln in Forschungsinstituten, mit denen Tatortermittler amerikanischer Crime-Serien Erfolge erzielten, wenig bis gar nichts hielt.

Verbrechen klärte man seiner Meinung nach nicht im Labor, sondern durch Gehirnschmalz, gezielte Befragungen und Erfahrung.

Zusätzlich vertraute er auf seine beiden unverzichtbaren Hilfskräfte: Inspektor Zufall und Kollege Geistesblitz.

Eckenspergers Gedanken lösten sich von der Fokussierung auf den Fall, ohne dass er das wollte oder auch nur registrierte. Sich selbst gleichsam aus der Metaebene zu betrachten und dies darüber hinaus zu reflektieren, war nicht sein Ding.

Widersinnig, abstrus, geradezu als eine groteske Laune der deutschen Sprache empfand er, dass »Logik« mit einem weiblichen, »Zufall« jedoch mit einem männlichen Artikel ausgestattet war. Seinem Weltbild entsprechend, müsste es sich genau umgekehrt verhalten.

Bei »der Verstand« und »die Intuition« hatte es schließlich auch seine Richtigkeit.

Zum aktuellen Fall zurückkehrend, notierte der Kriminalbeamte auf einem neuen Zettel seines Blocks Überlegungen und offene Fragen: Ergebnis Spurensicherung kam in die erste Zeile. Daneben zeichnete er einen Galgen.

Das tat er immer, wenn er sich darüber ärgerte, wie lange er auf Ergebnisse warten musste, von denen seine weitere Vorgehensweise mit abhing. Diesmal hätte er zu gerne gewusst, welche Rückstände um Yasmins Hals gesichert worden waren.

Er schrieb weiter: Handy orten? Schwanger? Fremd-DNA auf Kleidung des Opfers? Scan von Kettenskizze an Innendienstmitarbeiter! Hersteller ausfindig machen, Duplikat anfordern – Vergleich mit Druckspuren um Kehle. Andere Motive?

Die Sicherheitsmaßnahmen des Hotels erleichterten seine Arbeit ein wenig. Trotzdem bewertete er zumindest die Positionierung und Reichweite der Kameras als suboptimal. Die vom Haus gewünschte Privatsphäre der Gäste war für ihn kein triftiges Argument.

Ebenso fand er es nachlässig und für seine Ermittlungen erschwerend, dass die Zugänge zur Badelandschaft selbst nach Einbruch der Dunkelheit von außen zu öffnen waren.

Jede und jeder mit ein wenig Grips und Ortskenntnis wäre über diesen Weg an das Opfer herangekommen.

Wenigstens die Überprüfung der Meldeliste war zügig vorangegangen. Die entsprechenden Computerprogramme halfen zugegebenermaßen enorm.

Manches an der modernen Technik war doch nicht zu verachten.

Die überwiegende Mehrheit der Gäste galt demnach als unbescholten.

Lediglich vier Personen hatten keine »blütenweiße Weste«. Bei zweien lagen Verstöße gegen das Suchtmittelgesetz vor, bei einer war eine Serie von Ladendiebstählen vermerkt.

Dem Papier nach am verdächtigsten schien Herr Straka, der wegen mehrfacher Ausübung häuslicher Gewalt bereits verurteilt worden war und »eingesessen« hatte.

»Die Begleitumstände sind zwar gänzlich andere, trotzdem muss ich mir den Burschen näher anschauen«, beschloss Eckensperger, wenngleich er überzeugt war, die Spur Straka würde in eine Sackgasse führen. »Der erschlägt von mir aus einen seiner Tischgenossen, wenn ihm der beim Essen ständig widerspricht oder die Heilgymnastin mit ihren hochweisen Ratschlägen und Fitnessübungen für zu Hause in plötzlicher Rage. Nie und nimmer lauert der mit einem Stück Stoff, das er dann auch noch vom Tatort mitnimmt, einer unauffälligen Angestellten auf.«

Das war kein Mord im Affekt gewesen – nicht um diese Zeit an diesem Tatort, ohne Anzeichen eines Kampfes oder Streits. Da steckte ein Plan dahinter. Darauf würde er seine Dienstmarke verwetten.

Wahrscheinlich lief es wieder einmal auf das alte Muster einer Dreiecksbeziehung hinaus.

Irgendwie ermüdete dieser Gedanke den langgedienten Ermittler.

Es war eigentlich stets dieselbe Schablone: Älterer, meist verheirateter Mann sucht und nimmt sich zwecks Selbstbestätigung oder als Jungbrunnen, zur Abwechslung oder zum Frustabbau eine jüngere Geliebte.

Diese findet sein Interesse charmant, vertraut seinen Versprechungen, sich scheiden zu lassen, weil sie den Beteuerungen, seine Ehe sei nach zwei, drei, vier Jahrzehnten die »reinste Hölle«, Glauben schenken möchte.

Auf sexueller Ebene, so wird beteuert, laufe ebenfalls schon längst nichts mehr im heimatlichen Ehebett, weswegen der Bemitleidenswerte und seine Gattin seit Jahren in getrennten Schlafzimmern nächtigen.

Eine Zeit lang lässt sich die aktuelle Flamme mit Aufmerksamkeiten, Versprechungen, Beteuerungen und Geschenken zufriedenstellen, bis besagter Mann auch hier das Frische, Aufregende vermisst und sich einer neuen, meist noch jüngeren Gefährtin zuwendet.

Schwierig beginnt die Sache oft dann zu werden, wenn die Geliebte überzogene Ansprüche stellt oder die von Beginn an versprochene Trennung von der Ehefrau einfordert.

Zum Desaster gerät die Angelegenheit schlussendlich, sobald die enttäuschte Freundin droht, der Gattin alles zu erzählen oder gar schwanger wird. Solcherart Druck ausübt, der Gegendruck erzeugt, welcher sich gelegentlich im Würgegriff um die schlanke Kehle der unangenehm Gewordenen entlädt.

»Zurück zum Profil!«, ermahnte sich Eckensperger. »Wir suchen demnach einen Mann, 40 aufwärts, eher Richtung 55 bis 60, weshalb in Anbetracht der zahlreichen Kurgäste nahezu jeder männliche Anwesende zur erwähnten Zielgruppe gehört, was die Sache nicht einfacher macht. Im Idealfall gut situiert, von sich eingenommen, auf jeden Fall mit Tendenz zu Gewaltbereitschaft. Also, damit der *vom Tisch* ist, her mit Herrn Straka!«

Jener wurde kurz darauf von einem jungen, sommersprossigen Polizeibeamten geholt.

Bereits im Näherkommen durch das Foyer hörte Eckensperger den Vorgeladenen toben. Doch der junge Kollege war auch nicht auf den Mund gefallen, wie sein Vorgesetzter erfreut registrierte.

Die Tür aufreißend brüllte der Kommissar den Eintretenden ein lautstarkes »Ruhe!« entgegen und drückte Straka unsanft in den Sessel vor dem Schreibtisch.

Selbst dem diensteifrigen Beamten, der umgehend Bericht erstatten wollte, schnitt er kurzerhand das Wort ab und winkte ihn unwillig zur Seite.

Herr Straka war bei weitem nicht so massiv gebaut wie der Beamte, eher ein wenig untersetzt und einige Zentimeter kleiner. Trotzdem blieb Eckensperger stehen, um durch den Größenunterschied zum Sitzenden zusätzlich Autorität und Respekt aufzubauen.

Betont gelassen musterte er den zu Vernehmenden. Strakas hochrotes Gesicht ließ auf Jähzorn und Bluthochdruck schließen, sein impulsives Auftreten auf einen Menschen, der selbst bei Nichtigkeiten cholerisch reagiert.

»Was soll das?«, zeterte er auch sofort los und wollte postwendend aufspringen. »Wieso werde ich da hergeschleppt und verhört? Was sind das für Methoden? Sie haben mich nicht herumzustoßen!«

»Das ist eine Befragung, kein Verhör, und Sie wurden nicht gestoßen, sondern ich habe Ihnen einen Sitzplatz zugewiesen, den Sie beibehalten«, stellte der leitende Beamte lakonisch fest.

»Ein unangenehmer Zeitgenosse«, befand er für sich und ließ eine entsprechende Salve an Fragen auf den erbosten Kurgast niederprasseln.

Der hatte sich sichtlich weiterhin kaum unter Kontrolle und wurde zunehmend aggressiver.

»Nein, eine Yasmin Schachinger kenn' ich nicht. Und ein Verhältnis hab' ich erst recht nicht. Weder mit der noch mit sonst einer Schlampe. Wenn Sie das behaupten, verklag' ich Sie. Ich seh' schon die Schlagzeilen: Polizei traktiert Unschuldigen, weil sie wieder mal keinen Täter findet. Meine Frau lassen Sie überhaupt aus dem Spiel! Das hat sowas von nichts damit zu tun! Ich hab' meine Strafe abgesessen und ein Antiaggressionsprogramm besuchen müssen, besucht halt. Ich hab' mich im Griff. Außer, es kommt mir einer blöd – so wie der junge Hupfer da, der Unnötige.«

»Beamtenbeleidigung?«, herrschte ihn Eckensperger an. »Sie beruhigen sich jetzt einmal ganz rasch, dann entschuldigen Sie sich beim Kollegen und warten hier, bis der Bericht zum Unterschreiben fertig ist. Nein, Sie gehen inzwischen nirgends hin. Setzen, hab' ich gesagt!«

Das Verhalten von Straka besserte die Laune von Eckensperger keineswegs.

Ein weiterer Galgen entstand auf seinem Notizblock. Wenn nur endlich das Ergebnis der Textilfaserauswertung eintrudeln würde.

Ein zaghaftes Klopfen an der Tür riss ihn aus seinen Überlegungen.

Auf das ungeduldige »Herein!« schob sich Robert unschlüssig ins Büro.

»Es tut mir leid, zu stören. Vielleicht ist es auch nicht wichtig. Hat wahrscheinlich absolut nichts mit dem Unglücksfall zu tun, eine falsche Fährte sozusagen. Und Sie haben natürlich Wichtigeres zu tun. Andererseits meine ich doch, Ihnen sagen zu müssen, obwohl …«

»So stottern Sie nicht lang herum. Was gibt's?«

Der junge Angestellte fühlte sich durch die harsche Anrede nicht wirklich ermutigt, atmete tief durch und setzte Eckensperger von den Seriendiebstählen im Hotel in Kenntnis.

Auf dessen Radar tauchte umgehend die im System ausgewiesene Person mit der passenden Vorstrafe auf.

»Ich werde mich mit dem Hoteldirektor besprechen. Besonders was den Zeitpunkt der Entwendungen betrifft, muss ich mir einen genauen Überblick verschaffen. Mir ist da eine mögliche Verdächtige untergekommen bei meinen bisherigen Ermittlungen. Eventuell können wir eine kurze Überprüfung vornehmen.«

Seinen zuvor so kurz angebunden behandelten Kollegen beauftragte er: »Seiler, holen Sie mir mal die Liste mit den abgereisten Gästen. Oder besser: Schauen Sie gleich selbst nach, ob da eine Frau Kovac darunter ist. Ich will wissen, ob sich die Elster noch im Nest befindet! Könnte ja sein, dass Yasmin ihr auf die Schliche gekom men ist, sie zur Rede gestellt hat und deswegen sterben musste.«

»Jetzt haben wir also mehrere Bälle in der Luft«, fasste der Kommissar bildhaft zusammen. »Rabiatperle Straka, Langfinger Kovac und der übliche, heimliche Liebhaber in der Hauptrolle – eine interessante Speisekarte!«

Sprach's und steckte sich ein weiteres der bereitgestellten Dinkel-Energiekekse in den Mund.

One Step Beyond

»Was soll das heißen, Sie konnten nichts in Erfahrung bringen?«, blaffte Eckensperger in seinen billigen iPhone-Klon. »Das sind polizeiliche Ermittlungen! Die Befragten haben Auskunft zu geben. In einem Mordfall noch dazu! Haben Sie denen klargemacht, dass wir sie sonst vorladen? Alle zugleich und mit allem, was gut und teuer ist!«

Der eingeschüchterte Polizist am anderen Ende der virtuellen Leitung schluckte und wusste Eckenspergers Vorhaltungen nichts entgegenzusetzen. Ähnlich kleinlaut war er bei seinem missglückten Befragungsversuch im Thermenblick gewesen.

Bereits das Ambiente hatte ihn massiv verunsichert: schwere Ledergarnituren, hochflorige Teppiche, Vitrinen voller luxuriöser Gegenstände und – unglaublich – ein Wasserfall an der Wand im Hintergrund.

Der arrogante Portier des vornehmen Hotels ließ ihn kaum zu Wort kommen und ordentlich abblitzen. Von oben herab gab er nicht nur keine dienlichen Hinweise, sondern darüber hinaus deutlich zu verstehen, dass von ihm keine Auskünfte über Gäste des Hauses – zu denen er auch Kunden, die im Juweliershop viel Geld ließen, zählte – zu erwarten waren.

»Auf den Herrn mit der Hoteluniform hat mein Dienstanzug leider keinen großen Eindruck gemacht. Grad, dass der nicht Bürscherl zu mir gesagt hat. Da braucht es schon ein anderes Gegenüber.«

Eckensperger seufzte.

Sein junger Kollege sprach bloß aus, was er selbst im Stillen erwogen hatte. Es würde ihm nichts anderes übrigbleiben, als den Herrschaften im »Thermenblick« eigenhändig »einzuheizen«.

Die sollten ihn aber kennenlernen!

Der Kommissar musste grinsen, nachdem er das Namensschild des aufgeblasenen Angestellten an der Rezeption des Nobelhotels gelesen hatte: Alois Großschedl.

Ein Großkopferter also.

Und exakt so verhielt er sich.

Sogar der routinierte Beamte hatte vorerst seine liebe Not mit Alois an der Empfangstheke, der sowohl im Auftreten als auch vom Aussehen her, einen Hoteldirektor abgegeben hätte. Großschedl empfand es unter seiner Würde, mit einem Sicherheitsbeamten reden zu müssen und jede Nachfrage als Angriff auf »sein« Haus.

Eckensperger stand kurz vor der Explosion.

»Sie haben jetzt genau eine halbe Minute Zeit, mir die gewünschte Auskunft zu geben und den Inhaber des Juweliergeschäfts herbeizuschaffen – laufender Betrieb hin oder her!«, brüllte er in einer Lautstärke, die selbst die feudalen Teppiche beim besten Willen nicht mehr schlucken konnten. »Falls nicht, lass' ich Sie von zwei Uniformierten abholen, Ihnen Handschellen anlegen und Sie im Polizeiwagen mit Blaulicht und Sirene abführen! So schaut's nämlich aus! Aussageverweigerung, Behinderung in einem Mordfall und sobald die halbe Minute um ist, kommen dann noch Widerstand gegen die Staatsgewalt und nicht zuletzt Komplizenschaft oder Beihilfe zum Mord hinzu!«

Das wirkte!

Endlich!

Zwar von unwilligem Kopfschütteln begleitet und mit pikiert-verkniffenem Gesichtsausdruck, schickte sich der Portier an, die Besitzerin der kleinen, aber exquisiten Schmuckboutique anzurufen.

Frau Michalina Zielinski, ein zierliches, gepflegtes Persönchen in tadellos sitzendem Kostüm, deren Namensschild sie allerdings als »Michelle« auswies, zeigte sich angesichts des erzürnten Kommissars sogleich kooperativ.

»Ah mon Dieu, ein Mann von die Polizei«, stammelte die Polnischstämmige gewollt international, aber mit gehörig slawischem Akzent. »Ich bin mich nicht sicher, ob ich helfen kann. Aber gewiss, ich bin zu jede Auskunft bereit!«

»Das ist auch gut so«, fuhr Eckensperger bewusst drastisch fort, »denn die Dame, für die Ihr Schmuck bestimmt war, liegt nämlich eiskalt in der Pathologie, und statt einer Kette um den Hals baumelt mittlerweile ein Namenskärtchen um ihren großen Zeh!«

Der Beamte hielt ihr auf seinem Smartphone ein zwischenzeitlich übermitteltes Foto des Schmuckstücks entgegen.

»Mon Dieu. Wie schrecklich! Tote Frau ist kleine Dunkelhaarige mit Zähnchen wie von Maus und schlecht gezupfte Augenbrauen?«

Anstelle einer Antwort fischte der Kriminalbeamte eine Aufnahme des Gerichtsmediziners von Yasmin aus seiner Brusttasche.

»Ja, ganz Zweifel ohne, gewiss! Diese junge Frau war hier vor zwei oder drei Tage. Trug nur die Haare zu eine Dutt hochgesteckt und sah zwar unscheinebar, aber nicht so fürchtebar farb-ohne aus. Ich suche gleich Rechnung mit die Datum und Uhrzeit heraus!«

Eckensperger, der keine Ahnung hatte, was *eine* Dutt sein sollte, ließ sich seine Enttäuschung, dass die Ermordete selbst die Kette besorgt hatte, nicht anmerken und den genauen Vorgang schildern.

Demnach war Yasmin vorgestern am späteren Vormittag erschienen, hätte zielsicher das Collier aus der zweiten Vitrine von links verlangt und dieses um 10:34:07 bar beglichen, wie der Beleg sekundenexakt bescheinigte.

Der gesuchte Galan war also im Hintergrund geblieben.

»Ärgerlich, aber sehr schlau«, fand Eckensperger die aktuelle Entwicklung und es beileibe nicht nötig, sich von Alois Großschedl oder Michalina alias Michelle zu verabschieden oder ihnen gar zu danken.

Diese Spur hatte sich leider als Holzweg, statt der erhofften Autostrada, herausgestellt.

»Aber wer weiß«, tröstete sich der langgediente Kommissar, »ob meine beiden Vorzugsschüler Zufall und Geistesblitz nicht schon bald ihren erhofften Auftritt haben?«

Looking Back Over My Shoulder

Als das radsportlich ambitionierte Trio seinen Wunsch nach fahrbaren Untersätzen an der Rezeption bei Anika bekannt gab, herrschte ziemliches Gedränge. Einige Abreisewillige standen zum Auschecken oder Auscheckwillige zum Abreisen bereit.

Mercedes hatte ihre liebe Not mit Hofratswitwe Nirnberger: »Nein, wie ich bereits sagte, eine Sonnencreme brauchen Sie nicht im Solarium. Aber die Spezialbrille müssen Sie auf jeden Fall aufsetzen! Sofort nach Ihrer Fangobehandlung sollten Sie jedoch auf keinen Fall direkt ins Solarium gehen. Das ist enorm schlecht für die Haut. Wollen Sie nicht ein wenig auf dem Zimmer nachrasten? Auf Kanal 4 läuft um diese Zeit immer ein alter Spielfilm. Das wär' doch was?«

Mit vielen Fragezeichen im Kopf, trotzdem gut gelaunt und unternehmungslustig schwangen sich Sylvia, Julia und Michael auf die entlehnten und bestens gewarteten Räder.

Die Landschaft war abwechslungsreich, das galt auch für das Gelände, das zwischen leichten Steigungen, sanften Abfahrten und längeren nahezu ebenen Teilstrecken wechselte.

Michael nahm im Tempo etwas Rücksicht auf die beiden Ladies, die über eine weite Strecke gut mit ihm mithielten. Nach einer knappen Stunde aber verlangte Julia forsch eine Pause.

»Schließlich muss ich ja nicht für die Tour de France trainieren und will außerdem ein wenig die schöne Aussicht genießen.«

Bald fand sich eine Bank, durch einen kleinen Graben von der Straße getrennt, direkt unter einem wild wachsenden Apfelbaum, auf der sich die kleine Gruppe niederließ. Tatsächlich hatte man einen herrlichen Blick auf die sanft-hügelige Landschaft mit ihren Weinbergen und Apfel- und Pfirsichbaumreihen wie auch auf die höheren Berge am Horizont, deren Blau nahtlos in den klaren Herbsthimmel überging.

Natürlich war der Mord Gesprächsthema Nummer eins. Verschiedenste Theorien wurden entwickelt und wieder verworfen, in denen Kerstins augenscheinlicher Unmut – gepaart mit Neid und möglicher Eifersucht – breiten Raum einnahm.

Aber auch Robert wurde unter die Lupe genommen.

Könnte er eine Liaison mit der Ermordeten gehabt haben? Oder wusste diese etwas aus seiner Vergangenheit, das seinem Onkel nicht zu Ohren kommen sollte?

»Wir können gerne Rätsel raten, aber ohne jedweden Beweis sind wir nicht einmal *Emil und die Detektive*, in unserem Fall wohl besser *Michael und die Detektivinnen*. Ich hätte große Lust nach dem Mittagessen ein wenig meinen kriminalistischen Instinkt zu befriedigen!«

»Bezeichnet man weibliche Neugierde seit neuestem so?«, kommentierte Michael Julias Aussage amüsiert, als er jeder seiner beiden Gefährtinnen einen nahezu reifen Apfel anbot.

Sylvias Aufmerksamkeit hingegen schien in weite Ferne gerückt und dennoch gleichzeitig auf einen bestimmten Punkt auf der gegenüberliegenden Straßenseite gerichtet zu sein.

In der nahen Kurve begann ein kleines Waldstück, und Sylvias Blickrichtung folgend entdeckte Michael ein einfaches, blumenumkränztes Kreuz am Straßenrand.

Ihre Augen schimmerten feucht, und er war sich nicht sicher, ob er sie auf ihre melancholischen Gedanken ansprechen sollte.

Nun war auch Julia die veränderte Stimmung aufgefallen.

Anders als ihr männlicher Begleiter jedoch fragte sie ihre neu gewonnene Freundin unumwunden: »Was ist denn los mit dir? Da steckt etwas mehr hinter deiner trüben Stimmung als der Tod von Yasmin, oder?«

»Nothing to write home about«, kam es umgehend von Sylvia.

Der belegte Klang ihrer Stimme wollte allerdings nicht recht zur flapsigen Antwort passen.

Ein nachdrücklich-auffordernes Nicken von Julia veranlasste sie dann doch, ein wenig auszuholen.

»Tut mir leid, ich will euch den Tag nicht zusätzlich mit meinen Sorgen verderben. So ein Kreuz steht halt auch an einer Straße unterhalb eines Berghotels, in dem ich mit meinen Eltern mehrmals Urlaub gemacht habe. Vor zwei Jahren waren die zwei nach langer Zeit wieder dort, wurden aber auf dem Heimweg nach wenigen hundert Metern durch einen überholenden Sportwagen von der Fahrbahn gedrängt. Das Auto hat sich mehrfach überschlagen, meine Mutter als Beifahrerin starb noch am Unfallort, mein Vater ist aus seinem Koma nicht mehr erwacht und zwei Tage später ebenfalls den Folgen seiner Verletzungen erlegen.«

Julia und Michael wussten keine spontanen Worte des Trosts. Julia legte lediglich sanft ihre Hand auf Sylvias Unterarm und drückte damit ihr Mitgefühl aus.

»Zuerst war ich wütend, auch auf mich, weil ich am Vortag ihrer Abreise den geplanten Besuch bei meinen Eltern wegen eines beruflichen Termins kurzfristig wieder abgesagt hatte. ›Wir sehen uns dafür dann sofort am Tag nach eurer Rückkehr!‹ hab' ich versprochen. Wie man sich manchmal täuschen kann! Meinen Zorn und meine Rachsucht auf den rücksichtslosen Fahrer, der nicht einmal angehalten hat, hab' ich mittlerweile in den Griff gekriegt. Geblieben ist eine große Wehmut und die nagende Frage, ob der Verursacher je für sein Verhalten zur Rechenschaft gezogen werden wird. Ich weiß, ich bin ungeduldig und kann ja wirklich verstehen, dass man so einen Unfalllenker nicht von jetzt auf gleich ausforscht, dass alles seine Zeit braucht. Aber dieses Warten, die Enttäuschung, dass nichts weitergeht, das zermürbt auf die Dauer.«

Nach einem Seufzer setzte Sylvia fort: »Wisst ihr, ich hab' schon seit jeher ein Problem mit offenen Schlüssen in Büchern oder Filmen. Deswegen fällt es mir so schwer, mit diesem Erlebnis umzugehen, besonders seit die Polizeiermittlungen eingestellt wurden. Es hat ganz schön gedauert, bis mir klargeworden ist, dass das Leben weitergeht, Neues hinzukommt, bevor Altes aufgearbeitet oder gar gelöst ist. Viel mehr, als dass der Verantwortliche mit überhöhter Geschwindigkeit unterwegs war und einen roten Wagen fuhr, konnte die Polizei nicht herausfinden. Ein paar Gäste, die kurz nach meinen Eltern vom Hotel abgefahren sind, wurden befragt, aber niemandem konnte etwas nachgewiesen werden. Seit Monaten hat sich nichts mehr getan in dem Fall, und ich hab' immer noch das Gefühl, meinen Eltern etwas schuldig geblieben zu sein.«

Sylvia schwieg.

Der ungeklärte Unfalltod ihrer Eltern war wie ein dunkles Fragezeichen in ihrem Leben, das sie im Alltag nicht gerne vor den Vorhang holte. Gewöhnlich konnte sie sich mit Arbeit und Unterhaltung ablenken, aber stets brodelte die Ungewissheit gepaart mit Kummer nur knapp unter der Oberfläche.

In stillen Stunden jedoch, bei ähnlichen Zeitungsberichten oder wie soeben beim Anblick einer derart liebevoll gestalteten Unfallstelle war der Schicksalsschlag unvermittelt präsent.

Von der ersten psychologischen Betreuung durch das Kriseninterventionsteam abgesehen, war ihre langjährige Freundin Susi es gewesen, die Sylvia durch diese schwere Zeit geholfen hatte. Anders als Sylvias Bruder, der ebenso um seine Eltern trauerte, aber von seiner Frau und den beiden Kindern aufgefangen und gebraucht wurde, war Sylvia zu Hause mit ihrer Schwermut und den Selbstvorwürfen allein gelassen. Die fehlende Anteilnahme ihres Ehemannes hatte letztlich vor zwei Jahren den Ausschlag für die Scheidung gegeben.

Mit weiteren Ausführungen wollte sie ihre beiden Sportgefährten indessen nicht belasten.

Deshalb erhob sich Sylvia mit einem abschließenden leisen Seufzer und lenkte das Gespräch auf die beruhigende Schönheit der Landschaft, die in scharfem Kontrast zu den unbegreiflichen Ereignissen der Vergangenheit und jüngsten Gegenwart stand.

Tatsächlich musste das Trio langsam aber sicher an die Rückfahrt denken.

Michael war die Erzählung nahegegangen. Am liebsten hätte er Sylvia kurz in seine Arme genommen, um ihr sein Mitgefühl zu zeigen. So aber hob er bloß ritterlich ihr Rad auf und fuhr der Gruppe zügig voran.

Vor dem Mittagessen zog es Sylvia noch kurz an einen ihrer Lieblingsplätze. In einer stillen Ecke des weitläufigen Areals rund um das Hotel war ein meditativer Parcours mit mehreren Stationen zum Innehalten eingerichtet worden.

Das Gelände war über eine steile Naturtreppe erreichbar und allein schon deswegen nicht stark frequentiert.

Hier konnte sie ihren Gedanken ungestört nachhängen und sich von den Zitaten und besonderen Blickwinkeln beruhigen und inspirieren lassen.

Diesmal wirbelten besonders viele Gedanken durch ihren Kopf, die gänzlich unterschiedliche Gefühle auslösten: Trauer über den Verlust ihrer Eltern, Verzweiflung über den unaufgeklärten Unfall mit Fahrerflucht, Rätselraten über das sinnlos erscheinende Gewaltverbrechen an Yasmin und Dankbarkeit für die Gesellschaft von Michael und Julia. Beide schätzte sie gleichermaßen, obwohl sie die Bekanntschaft des einen vor Jahrzehnten und die der anderen erst vor zwei Tagen gemacht hatte.

Das nagende Empfinden in ihrer Magengegend hingegen war eindeutig dem Hunger geschuldet.

Under Pressure

Nach dem Mittagessen wartete die nächste Überraschung auf Sylvia. Vor dem Speisesaal entdeckte sie eine bekannte Gestalt.

Was, um Himmels Willen, hatte Peter hier zu suchen?

Eindeutig sie! Denn er schien sie bereits beobachtet zu haben und stellte sich ihr, freudig die Arme ausbreitend, in den Weg.

»Sylvia, meine Liebe, schön dich zu sehen. Hab' mir allerdings offenbar keinen guten Tag für mein Kommen ausgesucht. Musste mich sogar ausweisen! Die Polizei ist auch im Haus, hab' ich gehört! Gibt's hier trotzdem einen Platz, an dem wir ein wenig ungestört plaudern können?«

Das war typisch für ihren Ex, sie nicht einmal zu fragen, ob sie dazu Zeit oder Lust hatte.

In der Tat überlegte Sylvia fieberhaft, weshalb er sie hier aufgesucht haben mochte. Alles war geklärt zwischen ihnen, für einen Unglücksfall sah er zu gut gelaunt, direkt entspannt aus. Was also wollte er von ihr?

Demonstrativ blickte Sylvia auf die Uhr an Peters Handgelenk, wiewohl sie sehr gut wusste, wie spät es in etwa war.

»Eine halbe Stunde meiner Mittagspause kann ich dir von mir aus schenken«, meinte sie abwägend und steuerte auf die nahe gelegene Hotelcafeteria zu.

An einem Zweiertisch in einer Ecke ergriff Peter nach erfolgter Kaffee- und Wasserbestellung zuerst ihre rechte Hand und dann das Wort.

»Großartig ist es hier. Ich glaube, ich verstehe jetzt, warum du oft da bist.«

Möglicherweise konnte Peter nachvollziehen, weshalb es Sylvia hier gefiel, was den Wohlfühlfaktor, das gediegen-gemütliche Interieur in Kirschholz und die gastfreundliche Atmosphäre des Hotels betraf.

Die andere Ebene, weswegen sie so gerne in Frischenbach weilte, würde er wahrscheinlich nie nachempfinden können.

Ihr, der nunmehr sowohl die Elterngeneration als auch die nachkommende in Gestalt eigener Kinder fehlte, war das »Breitner« ein zweites Zuhause geworden.

Sie fühlte sich weniger als »Inventar«, mit dem sie verglichen worden war, vielmehr als Freundin des Hauses, teilweise fast wie ein Familienmitglied.

Sie lebte Feste und Jahreszeiten mit, freute sich über Erfolge, nahm Anteil an Rückschlägen.

Ob ihr langjähriger Partner jemals erkennen würde, worum er nicht nur sie mit seiner eingeschränkten Lebensperspektive gebracht hatte?

Sylvias Aufmerksamkeit kehrte zu Peters Ausführungen zurück.

»Manches versteh' ich heute erst so richtig. Du hast es nicht leicht gehabt mit mir, ich bin viel zu wenig für dich da gewesen. Dass du mehr Zeit mit mir verbringen wolltest, hab' ich überhaupt nicht geschätzt und als du mich am dringendsten gebraucht hast, war ich dir absolut keine Stütze, sondern hab' mich bloß noch mehr in meiner Arbeit vergraben. Ich hatte schlichtweg keine Ahnung, wie ich dir in deinem Schicksalsschlag beistehen sollte. Weißt du, ich bin ein wenig zum Nachdenken gezwungen worden, weil ein gleichaltriger Arbeitskollege vor kurzem einen schweren Herzinfarkt erlitten hat, von dem er sich nur langsam erholt. Das hat mich ganz schön aus der Bahn geworfen.«

Hatten seine Worte anfangs ein wenig wie eingelernt geklungen, wurde Peter zunehmend natürlicher in Stimmlage und Sprechtempo.

Sein Blick sprach noch deutlicher, ihre Hand hielt er weiterhin umfasst.

»A penny for his thoughts. Er wird mich doch hoffentlich nicht fragen, ob ich wieder zu ihm zurückkehre?«, schoss es Sylvia durch den Kopf.

Ihrem fragenden Blick begegnend setzte Peter fort: »Keine Sorge! Das wird keine Bitte um ein *Wiederaufnahmeverfahren* unserer Beziehung. Ich wollte einzig für mich und zwischen uns reinen Tisch machen. Dich wissen lassen, dass ich ziemlich häufig an dich denke und rückblickend manches bedaure, was zwischen uns schiefgelaufen ist. Ich hätte dich gerne glücklich gemacht, das kannst du mir glauben.«

Das waren ja ungewohnte Töne ihres früheren Gatten.

In diesem Moment erinnerte er Sylvia an jenen starken, zugleich gefühlvollen Mann, in den sie sich auf einem Betriebsausflug Hals über Kopf verliebt und dem sie, im Rückblick gesehen, viel zu rasch ihr Ja-Wort gegeben hatte.

Ein Erfolgstyp war er immer schon gewesen, ein Anpacker, kein Zauderer. Das hatte ihr imponiert, schien zu ihrem schwungvollen, zielorientierten Lebensstil zu passen.

Die Weisheit »Ehefrauen wollen ihren Mann nach der Hochzeit ändern – das geht nicht. Männer wünschen sich, dass ihre Frau über all die Jahre gleich bleibt – das geht ebenfalls nicht …« traf auf Sylvia nicht zu. Mit einem »Peter der ersten Stunde« wäre sie gerne und wahrscheinlich nach wie vor glücklich verheiratet.

So herrlich plakativ der Spruch auch war, entbehrte er doch jeder Lebenserfahrung: Menschen ändern sich nun mal, ob sie das wollen oder nicht. Jeder Tag, jedes Erlebnis, jede Begegnung hinterlässt unausweichlich Spuren.

So war es auch bei ihnen beiden gewesen.

Erst nach und nach war ihr klargeworden, welchen Stellenwert berufliches Vorankommen für Peter hatte. Dass der Job stets an erster Stelle stand, private Termine gegenüber geschäftlichen nicht zählten und Prestige und Aufstieg mehr galten als ihr Wunsch nach Zweisamkeit und einer eigenen, kleinen Familie.

Aber zu verzeihen gab es nichts.

Er konnte aus seiner Haut nicht heraus, und sie hatte erkannt, dass sie auf Dauer mit ihm und ihrer Rolle in dieser Beziehung nicht zufrieden sein würde.

Das konnte sie ihm völlig entspannt sagen. Sie hatte bereits vor längerer Zeit Bilanz gezogen, seine positiven Seiten durchaus nicht vergessen und sich schonungslos ihre Naivität eingestanden.

In leichtem Plauderton tauschten sie einige Neuigkeiten aus, während sie austranken.

Inzwischen hatten sich auch die Lehmanns zu Kaffee nach dem Mittagessen eingefunden.

Nicht, dass das jemandem hätte entgehen können!

Karl-Richard trat mit gewohntem Schwung und nicht unerheblicher Stimmgewalt auf – die geschätzten 100 Dezibel eines Presslufthammers hätten ihn lediglich minimal übertönt.

Seine Frau war zunächst mit dem Riemen ihrer Handtasche an einem Sessel hängen geblieben, hatte im Niedersetzen die Stehlampe gestreift, sich daraufhin bei dieser – oder ihrem Gatten – entschuldigt und zu guter Letzt klirrend das Hinweisschild mit den Eissorten des Tages am Tisch umgeworfen.

Ohne Umschweife begann Herr Lehmann die anderen Gäste in sein Gespräch miteinzubeziehen, in dem er großspurig »aus dem Stand« mehr als ein Dutzend Hotels aufzählte, in denen er mit seiner Gattin in den vergangenen Jahren abgestiegen war und denen er allen mit seinen hilfreichen Ratschlägen zu ungeahntem Aufschwung verholfen hatte.

Seine Ehefrau piepste gelegentlich ein »Ach, dort war's besonders nett!«, »Da waren wir kurz bevor unser Enkel Benji zur Welt kam!«, »Dort hatten sie so köstliche Desserts« oder »Ist das schon wieder drei Jahre her?« dazwischen, hing aber meist ehrfurchtsvoll an den Lippen ihres Mannes, wenngleich ihr die Erzählungen hinlänglich bekannt sein mussten.

Für Sylvia war dies ein geeigneter Moment, sich von Peter mit einem »Schön, dass du mich besucht hast, und meld' dich einfach einmal wieder!« zu verabschieden.

Im Stillen freute sie sich über das amikale Gespräch mit ihrem Ex, noch mehr aber, dass sie Lehmann – sollte der seinem bisherigen Verhaltensmuster treu bleiben – hier kein zweites Mal begegnen würde.

Einige, der von ihm genannten Destinationen waren ihr namentlich bekannt, in zweien war sie in ihren Jugendtagen, bevor sie Stammkundin im Biothermenhotel wurde, sogar selbst mit ihren Eltern auf Urlaub gewesen.

»Eigenartig«, dachte sie wehmütig, während sie ihr Wasserglas austrank, »wie oft ich heute an Mum und Paps erinnert werde.«

Won't Get Fooled Again

Nahezu gleichzeitig trafen Julia und der vierschrötige Kommissar in der Cafeteria ein. Beide steuerten zielbewusst auf Sylvia zu und eröffneten auch wie aus einem Munde das Gespräch.

»Einen Kaffee gönn' ich mir noch, dann unternehmen wir gemeinsam etwas. Ist schließlich mein letzter Tag hier«, erklärte Julia, während Eckensperger fragte: »Peter Sellmann, der Herr mit dem dunkelgrünen SUV mit den Kennzeichenendziffern 475, ist Ihr Ehemann?«

»Ex-Ehemann«, korrigierte Sylvia lächelnd und zu Julia gewandt: »Stimmt, du reist ja heute ab. Das habe ich sicherheitshalber verdrängt. Bin gleich für dich da!«

»Was hatte er denn hier zu suchen, Ihr *Ex*-Ehemann?«

»Keine Ahnung! War womöglich so etwas wie ein Anstandsbesuch oder Anflug von schlechtem Gewissen mit der Aussicht auf Absolution.«

Sylvias Laune hatte sich wieder einigermaßen aufgehellt. Das änderte sich jedoch schlagartig.

»Wissen Sie, dass Herr Sellmann bereits am Vortag angereist ist? In der Mordnacht somit vor Ort war? Sein Wagen wurde zur Tatzeit in unmittelbarer Nähe des Hotels gesehen. Hat er Sie schon gestern kontaktiert oder etwas darüber verlauten lassen?«

»Nein, hat er definitiv beides nicht. Und was er sonst hier zu erledigen hatte, entzieht sich ebenfalls meiner Kenntnis. Und bevor Sie mich fragen: Ich habe keine Ahnung, ob er Yasmin gekannt hat«, kam Sylvia seiner nächsten Frage zuvor.

Insgeheim wunderte sie sich nun noch mehr über Peters Besuch.

»Können Sie also Ihren Ex-Ehemann anrufen und ihn zurückbitten?«

Eigentlich hatte Sylvia große Lust, Kommissar Eckensperger die Rufnummer schlichtweg zu geben, statt dessen Sekretärin zu spielen, kam dann seiner Bitte aber leicht ungehalten nach.

Peter trabte nach Sylvias Anruf mit – wie ihr schien – etwas schuldbewusster Miene an, gab dem Kommissar lässig die Hand und widerspruchslos Auskunft.

»Ja, ich bin tatsächlich gestern angekommen. Hab' auf der Rückfahrt einer Geschäftsreise einen kleinen Umweg eingelegt. Ich war auch schon mehrmals, genau genommen dreimal zuvor hier, viermal mit meinem jetzigen Besuch also. Die Tochter einer meiner Assistentinnen arbeitet im Hotel und wohnt im Angestelltentrakt. Ich bringe ihr Kleinigkeiten von ihrer Mutter mit und hole jedes Mal eine Tasche voll Schmutzwäsche und Dingen ab, die Anika Brodwagen, so heißt das Mädchen, hier nicht mehr braucht. Durch sie wusste ich überhaupt erst, dass meine Exfrau wieder einmal in ihrem Lieblings-Spa weilt. Da ist mir die Idee gekommen, sie heute aufzusuchen. Mittags erschien mir am günstigsten, weil ich vermutete, dass ich Sylvia da zwischen zwölf und eins im Umfeld des Speisesaals abfangen kann. Anika hat mir dann gestern auf die Schnelle bei einer Bekannten in der ›Pension Erika‹ ein Zimmer gecheckt. Es war immerhin bereits später Abend, etwa 22 Uhr.«

Der Kommissar wollte wissen, ob Herr Sellmann Auffälliges bemerkt hatte.

»Nicht wirklich! Hab' bloß rasch die Adresse von der Pension in mein Navi eingegeben, dann bin ich weggefahren. Im Rückspiegel hat mich kurz etwas geblendet. Irgendein Licht muss angegangen sein.«

»Das wird dieser vorlaute Klugschwätzer gewesen sein, als er nach dem Badevergnügen vor das Portal getreten ist und den Sensor der Außenbeleuchtung ausgelöst hat«, kombinierte Eckensperger.

»Gut«, brummte er dann, »Wenn Sie mir jetzt noch, um Ihre Geschichte überprüfen zu können, kurz die bewusste Tasche zeigen wollen?«

Bereitwillig führte Peter den Kommissar zum Auto und holte eine prall gefüllte, nicht allzu schwere, gestreifte Plastiktasche aus dem Kofferraum.

»Bitte sehr!«

Eckensperger – ganz Kriminalist – gab sich damit nicht zufrieden, sondern forderte Peter auf, ihn einen Blick hineinwerfen zu lassen.

Peters neuerliches, leicht genervtes »Bitte sehr!« ging im Geräusch des von ihm geöffneten Zippverschlusses nahezu unter.

»Nach Schmutzwäsche sieht das aber nicht aus! Da holen wir doch besser Direktor Breitner hinzu.«

Der staunte nicht schlecht, als der Beamte im Büro den beschlagnahmten Inhalt ausbreitete: mindestens ein Dutzend Handtücher aus der Damensaunakollektion, einige originalverpackte Produkte der hauseigenen Kosmetikabteilung, ein Bademantel Größe M sowie zwei Flaschen vom teuersten Wein des Hauses.

»Also doch eine Angestellte«, seufzte der sichtlich angeschlagene Hoteldirektor und bedankte sich bei

Eckensperger für dessen Umsicht und die damit verbundene Aufklärung der Diebstahlserie.

Peters entschuldigende Worte, dass er keine Ahnung gehabt hätte, als Transporteur von Beutegut ausgenützt worden zu sein, quittierte der Direktor mitfühlend: »Da hat uns beide leider jemand gewaltig hintergangen.«

Spontan griff er nach den Rotweinflaschen und überreichte sowohl Peter als auch Sylvia je eine mit einem leisen: »Danke Ihnen ebenfalls!«

»Diebesgut! Beweismaterial! Fingerabdrücke!«, ächzte der Kriminalist ausnahmsweise in dezenter Lautstärke.

»Ich werde Frau Brodwagen ins Gewissen reden und ihr nahelegen, sich umgehend einen anderen Arbeitsplatz zu suchen. Ich will kein zusätzliches Aufsehen«, stellte Breitner klar.

»Sie wollen keine Anzeige erstatten?«, reagierte Eckensperger gereizt. »Damit erweisen Sie dem nächsten Dienstgeber aber einen *schönen* Bärendienst!«

Sodann kehrte sich sein Blick nach innen.

Man konnte förmlich mitverfolgen, wie sich die kriminalistisch geschulten Gedanken neu zu strukturieren begannen. Vielleicht doch kein ewig-gleicher Beweggrund? Möglicherweise entstammte das Geld für das wertvolle Schmuckstück einer völlig anderen Quelle?

»Außerdem ist die Sache so einfach nicht. Ich muss die junge Dame sofort sprechen. Die hat nämlich ein ordentliches Mordmotiv. Schließlich könnte unser Opfer Anikas Veruntreuungen entdeckt und sie erpresst haben. Das würde zudem erklären, von wem

Yasmin genügend Geld für das Collier erhalten hat. Als Schweigegeld sozusagen, damit sie den Mund über die Diebstähle hält. Oder die zwei waren zuerst Komplizinnen, dann wurde es Yasmin zu heiß, und Anika hat sie erdrosselt, damit die reuige Kollegin die Sache nicht auffliegen lässt.«

Der Hoteldirektor zuckte resigniert mit den Schultern. Sein Büro gekapert und zweckentfremdet, von einer Mitarbeiterin enttäuscht, gesperrte Badeanlagen, verunsicherte Gäste – der Aufruhr, den er vermeiden hatte wollen, war längst nicht mehr in den Griff zu kriegen. Selbst, wenn die meisten Abreisenden versprachen, gerne wieder ins »Breitner« kommen zu wollen, wusste er um den Schaden für sein Haus und dessen Ruf.

Glücklicherweise hatte er bis jetzt die lokale Presse aus dem Spiel halten können. Eine Meute sensationshungriger Reporter und Fotografen hätte ihm gerade noch gefehlt.

Sylvia und ihr Ex standen unschlüssig im Foyer vor dem Raum, in den sich Eckensperger mit dem Hotelchef zurückgezogen hatte.

Endlich öffnete sich die Tür.

»Bin ich somit entlassen?«, forschte Peter nach, der die Heimfahrt antreten wollte. »Meine Daten haben Sie ja, falls weitere Fragen auftauchen.«

Sylvia und der Kommissar nickten gleichzeitig und entfernten sich in unterschiedliche Richtungen.

Der Kommissar zurück in »sein« Büro, um die neuen Verdachtsmomente zu überdenken und einen weiteren Mitarbeiter, von dem er sich wichtige Auskünfte erwartete, zu befragen. Im Anschluss wollte er Anika Brodwagen auf den Zahn fühlen.

Zuvor aber entsandte er seine Mitarbeiterin in deren Unterkunft und telefonierte mit der Zentrale.

Die mussten einen Beamten ins Elternhaus schicken, um dort eventuell vorhandenes Diebesgut sicherzustellen. Direktor Breitner sollte selbstverständlich den bislang unveräußerten Teil seines Eigentums nach Abschluss der Untersuchung zurückerhalten.

Außerdem war nicht auszuschließen, dass sich an einem der beiden Orte irgendein Hinweis auf eine Verbindung zu Yasmin oder gar ein mögliches Mordmotiv finden ließ.

Von der Spurensicherung gab es zu seinem Verdruss weiterhin keine Nachricht.

Sein knurriges »Arbeitet außer mir überhaupt jemand?« war das Letzte, was Sylvia von ihm hörte, bevor sie in die Cafeteria zurückkehrte.

Julia würde mit ihrem Kaffee mittlerweile wohl fertig sein?

What's Going On

Bewusst hatte Michael nach dem Mittagessen den Weg über die Rezeption eingeschlagen, um sich einen Eindruck über die derzeitige Stimmung zu verschaffen.

Alsdann wollte er seinen beiden »Kurschattinnen«, wie er Sylvia und Julia launig bezeichnete, detailgetreuen Bericht über seine Erkenntnisse erstatten.

Allerdings musste er zuvor seine Kombinationsgabe zur Auffindung der zwei Verbündeten einsetzen.

»Hier in der Cafeteria steckt ihr also? Ich habe bereits im Speisesaal und in sämtlichen Kabinen der Kosmetikabteilung nach euch Ausschau gehalten!«

»Als ob wir das nötig hätten«, reagierte Julia selbstbewusst, während Sylvia – keck und sprachgewandt wie gewohnt – mit einer englischen Floskel konterte: »Birds of a feather flock together.«

»Na, ihr seid mir ja ganz schön muntere Vögel! Die eine am helllichten Tag mit einer Rotweinflasche in der Hand – nicht die übelste Sorte, übrigens. Und in deiner Tasse, Julia, war demnach wahrscheinlich Irish Coffee? Schon vergessen: Wir sind hier in einem Ku-urhotel!«

»Erstens ist die Flasche noch zu – mit Betonung auf *noch!* Und zweitens ist hier ordentlich was los gewesen in den letzten Minuten!«

»Im Foyer geht's aber auch ziemlich rund! Hinter der Theke stehen sie zu dritt: Kerstin, übrigens nicht mit verweinten Augen, aber das ist kein Beweis ihrer Täterschaft, wahrscheinlich nicht einmal ein Indiz. Dann die mit den Sommersprossen und der Stupsnase …«

»Anika«, fiel ihm Sylvia ins Wort, »die wird vielleicht bald schluchzen …«

»… und die Hochaufgeschossene …«

»Alina«, ergänzte Sylvia erneut.

»Sogar der Haustechniker musste bei der Ausgabe der Jetons und Fahrräder mithelfen. Soeben hat ihn aber Kommissar Eckensperger für eine Auskunft ins Büro gebeten. Gepolsterte Tür, keine Chance, etwas zu erlauschen, selbst wenn es in der Lobby nicht so emsig zugegangen wäre. … Ach ja, das blondgelockte, pummelige Schusselchen oder meinetwegen schusselige Pummelchen hat sich zuvor an der Rezeption herumgedrückt, in ihrer unvermeidlichen Handtasche gekramt und wie immer sehr unentschlossen gewirkt. Dann hat sie sich doch durchgerungen, ein paar Ansichtskarten und Marken zu erstehen. War wahrscheinlich eine schwierige Entscheidung. Zwischenzeitlich sitzt sie bereits wieder da hinten am Mitteltisch und himmelt ihren großspurigen Angetrauten an.«

»Nicht wirklich weltbewegend«, seufzte Julia ob der mageren Ausbeute etwas enttäuscht.

Sylvia, die ihre gute Laune wiedergefunden hatte, brachte sie jedoch postwendend zum Lachen: »Frau Lehmann geht die Badeanlage mit ihrer tropisch-feuchten Luft wahrscheinlich am meisten ab. Wie sollen sich ihre Locken nun richtig kringeln?«

In der Befragung durch den strengen, scharfzüngigen Kommissar zeigte sich Anika sofort geständig.

Ja, sie habe »einiges abgezweigt«. Anfangs einzelne Tischtücher, Duschbadnachfüllungen und Getränkeflaschen, später – als sie sich sicher wähnte – großzügiger zugegriffen. Vor ihrem Gewissen hatte sie das mit dem bescheidenen Lohn verantwortet und den zusätzlichen Zeiten, in denen sie ohne Überstundenentgelt Dienst leisten musste. Aus Reue und zugleich ein wenig Selbstmitleid begann Anika zu weinen.

Keinesfalls aber hätte jemand Verdacht geschöpft, Yasmin am allerwenigsten. Die wäre zuletzt dermaßen mit eigenen Geheimniskrämereien beschäftigt gewesen, dass man vor ihren Augen glatt die Glocke vom Rezeptionspult unbemerkt wegtragen hätte können. Und angetan hätte sie ihrer Kollegin schon gar nichts. Dass die Polizei so etwas von ihr denken konnte, löste einen erneuten Tränenstrom aus.

Der verheulten Anika wurde aufgetragen, eine möglichst genaue Liste der entwendeten Gegenstände anzulegen und sich keinesfalls aus dem Hotel zu entfernen.

»Genug geplaudert. Jetzt sind wir an der Reihe, auf geht's!«

Julia hakte sich bei Sylvia unter und zog sie – vorbei an einem betreten wirkenden Ferdinand Hollenthoner, der in der Cafeteria die Espressomaschine bediente – hinaus ins Foyer.

Ziellos, was die lokale Ausrichtung betraf, aber durchaus mit einem Ziel vor Augen, nämlich mehr und Entscheidenderes als Michael in Erfahrung zu bringen, starteten die beiden ihren Weg durchs Hotel.

Aus der Tür des Direktionsbüros kam Franz, der Haustechniker. Mit leichtem Kopfschütteln fuhr er sich mit der Linken durch die grauen Haarsträhnen, bevor er bedächtig seine Kappe wieder aufsetzte. Sylvia hielt Julia, die weitereilen wollte, am Unterarm fest.

»Herr Franz, Sie schau'n ja ganz verzweifelt. Ist ordentlich schlimm, was geschehen ist, nicht?«, stellte Sylvia teilnahmsvoll fest.

»Freilich, freilich! Eine von den Unsrigen, entsetzlich. Und so jung, das Mädel! Eine Tragödie, wenn Sie mich fragen. Muss einer von außen gewesen sein, is' nicht so? Von uns macht das doch keiner!? Ich weiß nicht, die Welt, kommt mir vor, wird brutaler und brutaler.«

Sylvia wusste die Auszeichnung der langen Antwort zu schätzen.

Franz unterhielt sich üblicherweise selten mit Gästen, mit weiblichen schon gar nicht. Mit dem Gärtner oder Lieferanten aus der Umgebung plauderte er hingegen gerne und ausgiebig, wie Sylvia des Öfteren beobachtet hatte. In seinen Augen zählte sie wahrscheinlich ebenfalls bereits ein wenig zu »den Unsrigen« und hatte sich sein Vertrauen durch ihre unkomplizierte, fröhliche Art nach und nach erworben.

Vor zwei Jahren, zum Beispiel, hatte Franz ihr den Weg zum Meditationsparcour freigeschaufelt, als sie sich durch die weiße Pracht mühen wollte.

Ein weiteres Jahr davor hatte er Sylvia, die auf der Rückfahrt einer Radtour in ein Gewitter gekommen war, mit seinem Kastenwagen aufgelesen und kurzerhand das Rad auf seiner Ladefläche und die tropfnasse Frau Sellmann-Scherzer auf dem Beifahrersitz verstaut.

Mit den Worten »Bleib ruhig noch ein bissel, ich mach' z'erst meine Runde« ließ er sie immer wieder nach Badeschluss ein wenig länger im Außenthermalbecken schwimmen, um die Plane dann später zuzuziehen.

»Und? Haben Sie dem Herrn Kommissar helfen können wie Sie mir schon so oft behilflich gewesen sind?«

Unbewusst hatte Sylvia am richtigen Hebel angesetzt.

»Der ist vielleicht komisch! Am End' verdächtigt
der mich?! Wann ich wo genau war, wollte der von
mir wissen. Ich schau' doch nicht bei jedem Handgriff
auf die Uhr. Mal ist es später, mal früher. Um 20 Uhr
mach' ich die Runde außen: Pool zudecken, Liegen zu-
sammenklappen, Schirme abspannen und was halt zu
tun ist. Das dauert nicht immer gleich lang, is' nicht
so? Und gegen zehn schau' ich innen nach dem Rechten. Dreh' die Sauna ab, kontrollier' das Wasser vom
automatischen Aufguss, überprüf', ob was tropft oder
ein Garderobehaken locker ist und schalt' das Licht
aus. Den Rest mit Wischen und so macht danach der
Putztrupp. Die schließen dann die Brandschutztüren
und sperren alles nach außen ab. Was mich betrifft:
G'sehn hab' ich nix und g'hört hab' ich nix. Und *wann*
ich nix g'sehn oder g'hört hab', kann doch dem Krimi-
naler wurscht sein?«

Ganz so war es natürlich nicht – immerhin ging es
um die Ermittlung des genauen Todeszeitpunkts. Aber
Sylvia hütete sich, Herrn Franz zu belehren.

Der schüttete sein Herz weiter aus.

»Grad in der Früh hat mich der Herr Direktor
zammg'staucht, ich soll die Uhren korrekt einstellen.
Die Gäste hätten sich beschwert, dass überall anders
spät is'! Wissen's wie oft ich das mach'? Und hab'n die
Leut' nicht Urlaub? Oder sollen zur Ruhe kommen? Is'
nicht so?«

So aufgebracht und in seiner Ehre gekränkt hatte
Sylvia den langgedienten Hausarbeiter erst einmal er-
lebt, als nämlich eine Ameisenstraße im alten Speise-
saal vom Fußboden die Wand senkrecht hinauf, an der
Oberkante der riesigen Fenster entlang und auf der
Gegenseite wieder hinunter verlaufen war.

Von seinem Chef war der Hausdiener damals zu
Bio-Methoden gezwungen worden und musste als
alternatives Hausmittel Backpulver streuen.

»Jetzt können sich die Mistviecher vor ihrem Aufstieg sogar noch verköstigen«, hatte er Sylvia sein Leid
geklagt.

Nach weiteren wirkungslosen, sowohl umwelt- als
auch ameisenschonenden Versuchen durfte das Fakto-
tum schlussendlich doch zu einem sanften Giftköder
greifen. In Kürze war der Spuk vorbei und Herr Franz
als doppelter Sieger – gegen die Insekteninvasion *und*
gegen seinen Chef – hervorgegangen und somit in seiner Ehre wiederhergestellt.

»Jede Uhr hat doch ihr Eigenleben. Man sagt zwar
›Genau wie ein Uhrwerk‹, aber das gilt ja nur für die
einzelne, nicht im Vergleich mit den anderen! Es gibt
bei den Uhren, grad so wie bei den Menschen, gemüt-
lichere und welche, die durch den Tag galoppieren.«

In seiner schlichten Art hatte Herr Franz soeben tief
Philosophisches von sich gegeben, allerdings nichts,
was zur Erhellung näherer Tatumstände beitragen hätte
können. Mit einem aufmunternden Blick und einem
»Wird schon wieder!« zur Verabschiedung an ihren
Gesprächspartner wandten sich Sylvia und Julia zum
Treppenaufgang in den ersten Stock.

That Don't Impress Me Much

Vor dem Kursalon herrschte reges Treiben. Ein Termin bei der Diätassistentin war heiß begehrt, wenngleich wahrscheinlich die wenigsten den Schritt von der Erkenntnis falscher Ernährungsgewohnheiten zur Umsetzung eines gesünderen Essverhaltens schafften.

Es belustigte Sylvia, den übergewichtigen »Krawattenmann« – mit einem halben Stück Nusskuchen in der Hand – unter den Interessierten zu entdecken.

In der kleinen Bibliothek daneben war dagegen nahezu nichts los. An einem Tischchen nahe dem Fenster saß Hildegard Lehmann und beschriftete die Adressfelder der kürzlich erstandenen Ansichtskarten.

Beflissen wollte sie in ihrer nervösen Art Platz machen, obwohl ohnehin zwei weitere Tische samt Stühlen frei waren.

Der junge Mann mit Laptop, der in einem der zwei Ohrensessel Platz genommen hatte, schrak hoch, als Frau Lehmanns umgeworfenes Wasserglas klirrend auf der Marmorplatte aufschlug.

Hektisch begann sie, die Karten vor dem drohenden Ertrinkungstod zu retten und fegte dabei ihre Handtasche vom Tisch. Deren altmodischer Bügelverschluss sprang beim Aufschlagen auf den Boden auf.

Hildegard überließ die Karten ihrem Schicksal und bückte sich, so rasch es ihre Behäbigkeit zuließ, nach der Tasche. Ungeschickt ergriff sie diese am falschen Ende, worauf aus dem Seitenfach ein Handspiegel, ein silbernes Pillendöschen und eine Kette aus Weißgold mit markantem Anhänger rutschten.

Sylvia und Julia warfen sich einen wissenden Blick zu, den Frau Lehmann – nach wie vor in gebückter Haltung – glücklicherweise nicht wahrnahm.

»Bemühen Sie sich nicht, wir wollten lediglich eine Tasse Tee trinken.«

Julia war erstaunt, welch harmlosen Ton sie ihrer Stimme in dieser Situation geben konnte.

Betont gelassen wandten sich die beiden Damen dem brodelnden Samowar zu und ließen sich hintereinander heißen Brennnessel-Ingwer-Ananas-Tee in ihre Tassen laufen.

Hildegard hatte inzwischen ihre Habseligkeiten eingesammelt, der junge Mann hilfsbereit mehrere Servietten auf die kleine Überschwemmung gebreitet.

Mit einem »Schönen Tag allerseits!« beziehungsweise »Wiederschau'n« verließen Sylvia und Julia, hoheitsvoll an ihren Tassen nippend, den Raum.

Ihre Würde hielten sie durch, bis sie um zwei Ecken gebogen waren. Dann aber hatte jede Zurückhaltung ein jähes Ende.

»Das war eindeutig Yasmins Kette!«, befand Julia.

»You can say that again! Wir müssen sofort runter ins Büro und den Kommissar informieren.«

Der schaltete rasch.

»Fräulein Sedlacek!«

»Nicht schon wieder, Chef. Frau Sedlacek oder Nicole, kein Fräulein!«

»Für solche Kinkerlitzchen ist jetzt keine Zeit«, reagierte Eckensperger ausnahmsweise auf einen Einwurf, jedoch brummig wie gewohnt.

»Nehmen Sie die Beine in die Hand und halten Sie Frau Lehmann in der Bibliothek, zweiter Stock gegenüber der Haupttreppe, fest. Und das heute noch!«, bellte er Nicole hinterher, innerlich ein wütendes »Und nerven Sie mich nicht ständig mit ihrem Emanzengetue« anfügend.

Vor der Bürotür prallte Nicole fast in Herrn Lehmann, der soeben im Begriff war, unaufgefordert einzutreten.

»Wer sind Sie, und was wollen Sie?«, fauchte der Kommissar im selben rüden Tonfall weiter.

»Ich bin Karl-Richard Lehmann, und ich will Ihnen meine Fähigkeiten zur Verfügung stellen!«

Auf Kollegen Zufall, gemäß seinem Macho-Weltbild vielmehr Kolleg*in*, ist doch immer wieder Verlass. Dessen war sich Eckensperger sicher.

»Soso, Herr Lehmann! Sie kommen wie gerufen!«

Der passte ja herrlich ins Profil! Richtige Altersgruppe, sehr von sich überzeugt, allem Anschein nach wohlhabend und ein unbedarftes Heimchen am Herd an seiner Seite, wenn er den Schilderungen Sylvias zur Persönlichkeit von Frau Lehmann fürs Erste Glauben schenken wollte.

Rasch wählte er die Handynummer seiner Mitarbeiterin.

»Fräulein Sedlacek, … keine blöden Sprüche mehr. Sind Sie bereits vor Ort? Kommando geändert: Bringen Sie bewusste Person gleich zum Tatort. Wir treffen uns dort in Kürze. Ach, noch etwas, Fräul… Hmm – sehen Sie zu, dass Sie diesen aufmüpfigen Ballspieler auftreiben. Den brauchen wir vielleicht ebenfalls!«

Sylvia und Julia hatten sich während der Szene dezent an die Wand gedrückt. Keinesfalls wollten sie auffallen und nach ihrer offenbar wertvollen Information des Zimmers verwiesen werden – jetzt, wo es spannend zu werden versprach.

Zu spät.

Kommissar Eckensperger hatte sie ins Auge gefasst.

»Und Sie beide«, kommandierte er in zwar immer noch feldwebelhaftem, aber zumindest etwas lautstärkenreduzierten Ton, »Sie beide kommen mit, als Zeugen!«

»Zeug*innen*!«, zischte Sylvia Julia schelmisch ins Ohr. »Ob er mir Handschellen anlegt, wenn ich diese Bezeichnung laut einfordere?«

Aufsehen erregte die Gruppe auch ohne Handschellen, als sie zu sechst die Lobby durchquerte: Kommissar Eckensperger an der Spitze, Karl-Richard Lehmann in seinem Element, die Situation genießend und das Augenmerk, das ihm geschenkt wurde, auskostend. Direktor Breitner, der sich ihnen in der Halle wie selbstverständlich angeschlossen hatte, nach allen Seiten grüßend und Zuversicht verströmend sowie Robert im Schlepptau, der sich seiner Berufswahl plötzlich nicht mehr so sicher war. Ganz zuletzt die beiden Damen, die – nunmehr wieder ernst – mit gemischten Gefühlen unterwegs waren.

Die Tatsache, dass Michael hinzugerufen werden sollte, beunruhigte Sylvia.

Was könnte er neben dem bereits morgens zu Protokoll Gegebenen zusätzlich beitragen? Stand Michael möglicherweise unter Verdacht?

Zugegeben, er kannte sich mit Kamerapositionen bestens aus, wusste demzufolge um deren »tote« Winkel und Reichweiten.

Mit den Gegebenheiten im Hotel schien er ebenfalls ziemlich vertraut zu sein, wie seine Kenntnis um die unterschiedlichen Uhrzeiten bewies.

Sylvia verwarf den Gedanken als zu absurd.

Warum, in aller Welt, sollte Michael Yasmins Kette an sich nehmen und sie dann – noch abstruser – Frau Lehmann überlassen?

Yasmin schien, abgesehen von der jugendlich makellosen Figur, nicht in Michaels Beuteschema zu passen.

Doch was wusste sie denn schon über ihren Sportkollegen aus Jugendtagen?

Im Grunde nichts, absolut nichts. Weder kannte sie seine Vorlieben, Sehnsüchte, geheimen Wünsche, noch seine Schwächen oder gar seine dunklen Seiten. Vielleicht war ihm Yasmin von früher bekannt, zählte sogar zur Schar der von ihm Beglückten? Ein Gedanke, der ihr – wie sie sich eingestehen musste – überhaupt nicht gefiel.

Immerhin war dieses Mädchen nahezu die einzige an der Rezeption, deren Namen er stets sofort parat gehabt hatte.

Oder müsste man Diebstahl und Mord getrennt betrachten?

Erste Szene: Michael erdrosselt Yasmin warum-auch-immer. Abgang Michael.

Zweite Szene: Auftritt Frau Lehmann, die die Leiche und Gefallen an der Kette findet und sie der Toten abnimmt.

Was hätte dann aber Frau Lehmann nach Badeschluss am Whirlpool zu schaffen gehabt?

Da kam schon eher Herr Lehmann in Frage, der seine Nase ständig in anderer Leute Angelegenheiten steckte, der beim Schnüffeln im Vorfeld naturgemäß gerne unbeobachtet blieb. Der obendrein keine Skrupel hätte, sich vorschriftswidrig zu verhalten – wie sein oftmaliges Dauerparken in der Ladezone bewies – und daher Räumlichkeiten nach Dienstschluss ohne weiteres aufsuchen würde.

Seiner Frau hätte er die Kette mitgebracht, um sie zu besänftigen, weil er ihr nur halb so viel Aufmerksamkeit schenkte wie seinen »Beratungstätigkeiten«?

Passte eigentlich nicht wirklich zu seinem egozentrischen Charakter.

Dann blieb da noch die Frage nach dem unauffindbaren Handy und was Yasmin veranlasst hatte, allein im Whirlpool zu entspannen.

Als Krimifan fand Sylvia all ihre Überlegungen an den Haaren herbeigezogen.

Ein buntes Feuerwerk von Konjunktiven, die mehr Fragen aufwarfen, als sie beantworteten.

»We'll cross that bridge when we come to it«, sprach sie sich beruhigend Zuversicht und Geduld zu.

Don't Ask Me Why

Kurz nachdem sich das Trüppchen um den Whirlpool versammelt hatte, tauchte auch »Fräulein« Sedlacek mit einer sichtlich aufgelösten Hildegard Lehmann im Schlepptau auf.

»Wir sind hier, um in einer Art Lokalaugenschein etwas mehr Licht in den aktuellen Mordfall zu bringen«, begann Kommissar Eckensperger und funkelte Michael, der atemlos hinzugekommen war, zornig an, um unverzüglich jedes Aufbegehren im Keim zu ersticken.

»Ist das ihre Handtasche, die sie da über dem Arm tragen?«, wollte der Polizeibeamte, an Hildegard Lehmann gerichtet, in formellem Ton wissen.

»Ja, ja natürlich«, murmelte die Angesprochene kaum hörbar.

Umso stimmgewaltiger brüllte Herr Lehmann: »Wollen Sie meiner Frau unterstellen, sie würde Handtaschen klauen?«

»Hätten Sie etwas dagegen, uns den Inhalt zu zeigen?«

Eckensperger blieb sachlich, überging den genervten Gatten gekonnt.

»Das wird ja immer schöner! Vermuten sie vielleicht eine Mordwaffe darin?«

Hildegard stammelte an ihren Mann gewandt: »Muss ich? Soll ich? Ich weiß nicht!«

»Wir haben ja nichts zu verbergen! So öffne doch das blöde Ding, damit wir uns endlich wichtigen Dingen zuwenden können.«

Der Kriminalist zog sich Untersuchungshandschuhe über und begann den Inhalt genüsslich auf einer mitgebrachten Plastikfolie auszubreiten. Bald hatte er die Halskette herausgefischt.

»Gehört die Ihnen?«

Jetzt rang Karl-Richard Lehmann, der beim Anblick des Colliers hörbar seinen Atem eingezogen hatte, deutlich um Worte.

»Was um alles in der Welt? Wie kommst du an Yasmins … äh, diese Kette?«

Hildegard schwieg, warf lediglich Sylvia und Julia einen giftigen Blick zu.

»Keine Ahnung, wem die gehört«, meinte sie nach längerer Nachdenkpause. »Die muss mir jemand in meine Tasche getan haben.«

»Wir haben hier zwei Zeugen …«

»Zeug*innen*«, entfuhr es Sylvia.

»… die behaupten, Sie hätten jene Kette vor kurzem ohne Äußerung von Erstaunen zurück in ihre Tasche gestopft.«

Einer plötzlichen Eingebung seiner zuverlässigen Hilfskraft Gedankenblitz folgend, wartete Eckensperger Hildegards Antwort nicht mehr ab, sondern schoss seinen nächsten Treffer ab.

»Sie haben doch sicher nichts dagegen, uns Ihren Bademantel für eine kriminaltechnische Untersuchung auszuhändigen? Fräulein Sedlacek! Nehmen Sie einen der postierten Kollegen und Herrn Robert mit seinem Generalschlüssel mit, und holen Sie Frau Lehmanns Bademantel samt Gürtel. Ich bin mir sicher, unser Erkennungsdienst wird seine helle Freude bei der forensischen Untersuchung haben. Dazu die Kette in Ihrem Besitz als belastendes Verdachtsmoment. Und noch eins, Fräulein Sedlacek, geben Sie mir Bescheid, sobald Sie im Lehmann-Zimmer sind! Ich habe da einen weiteren Pfeil im Köcher!«

»Sie können doch nicht … so einfach in unser Zimmer …?!«.

Lehmann war außer sich.

Aber Eckensperger ließ dessen Aufbegehren genauso an sich abprallen wie Nicoles erneute Kritik an der Bezeichnung »Fräulein«.

Nun mischte sich Michael zusätzlich ein und murmelte etwas von Polizeiwillkür und US-Methoden, was ihm einen unwilligen Blick des Kommissars einbrachte.

»Warum will mir ständig jemand erklären, wie ich meinen Job zu machen habe?«, nutzte Eckensperger die Wartezeit für einen aggressiven Kommentar und brachte damit die beiden Herren zum Schweigen.

Nach wenigen Minuten meldete sich sein Handy mit dem »Kriminaltango« als Rufton.

»Ist nur so eine Idee, Fräulein Sedlacek, aber ich lege hiermit auf und wähle mal die Handynummer unserer Wasserleiche *(Pietät gehörte wahrlich nicht zu Eckenspergers Kernkompetenzen)*. Und Sie spitzen die Ohren!«

Hildegard zuckte zusammen und begann nervös ihre Hände zu kneten. Die Spannung hatte sich mittlerweile auch auf die anderen Anwesenden übertragen, einzig Eckensperger stand breitbeinig, in sich ruhend und seinen Blick fest auf Frau Lehmann geheftet da.

Karl-Richard wollte auf seine Frau zutreten, doch der Kommissar hielt ihn schroff zurück.

»Sie bleiben, wo Sie sind! Keine Berührung, kein Wort. Wir warten!«

Geraume Zeit später kehrte die Beamtin Sedlacek mit Robert und einem rotgesichtigen, leicht übergewichtigen jungen Polizeibeamten zurück.

»Hier Chef, ein noch feuchter Bademantel samt Gürtel – von mir in einen Plastiksack gepackt. Und in diesem Untersuchungsklarsichtbeutel ein Handy. Aus der Strumpflade, die ich gerade inspizierte, als das Display aufleuchtete. Deshalb hatte ich keine Mühe, es zu entdecken, obwohl es auf lautlos gestellt war!«

Nicole strahlte vor Diensteifer und noch mehr als Eckensperger – ausnahmsweise – dafür gleich doppelt gegendert, anerkennend nickte: »Gut gemacht, *Frau* Kolleg*in*!«

»Und nun zu Ihnen, Frau Lehmann: Dieses weitere Indiz genügt, um Sie als mögliche Täterin unter begründetem Verdacht festzunehmen!«

»Hildegard, du?«, röchelte Lehmann verständnislos. Sylvia und Julia staunten ebenso.

Diese unscheinbare Frau, Marke »Hausmütterchen«, sollte einem jungen Mädchen das Leben genommen haben?

Andererseits: Konnten nicht gerade Muttertiere, die ihre Brut oder Jungtiere bedroht sahen, diese äußerst aggressiv verteidigen und dabei unermessliche Kräfte entwickeln?

Dieselbe Energie, ihre Familie zusammenzuhalten und vor Schande zu bewahren, hatte vermutlich auch Frau Lehmann Unfassbares tun lassen.

Sylvia verspürte fast ein wenig Mitleid mit der kleinen, untersetzten Frau, die ihre Werte und Ideale mit aller Kraft verteidigt hatte.

Lehmann begriff die Welt und seine Frau erst recht nicht mehr: »Warum, in Teufels Namen, trägst du die Kette mit dir rum? Und das Handy versteckst du? Den Bademantel lässt du auf dem Zimmer und tauschst ihn nicht gegen einen neuen aus? Ich fasse es nicht, wie kann man sich nur so dämlich anstellen?«

»Dämlich bist du allein. Weil du nichts verstehst, absolut nichts! Und mich am allerwenigsten! Das Collier wollte ich natürlich umgehend wieder zu Geld machen. Aber das ist nicht so einfach hier und generell. Deswegen hätte ich es dann lieber der blonden Tussi an der Rezeption untergeschoben. Die meisten Gäste haben gemunkelt, sie wäre verdächtig.«

»Jetzt wird mir klar, warum die immer wieder so unauffällig-auffällig um den Empfang herumgeschlichen ist«, flüsterte Julia. »Erst ausspionieren, mit wem ihr Mann sie diesmal betrügt und dann die arme Kerstin mit dem Beweismittel belasten. Das ist vielleicht schäbig!«

Plötzlich brach es aus Hildegard wie nach einem Dammbruch heraus. Alles, was sich jahre-, ja, jahrzehntelang in ihr aufgestaut hatte, drängte mit einem Schwall an die Öffentlichkeit.

»Glaubst du wirklich, ich lasse mir von dir alles kaputt machen, was mir im Leben geblieben ist? Viel zu lang habe ich deine Eskapaden mit Mädchen, die jünger als deine Enkelkinder sind, ertragen, willig jedes Jahr anderswo Urlaub gemacht, weil du überall verbrannte Erde hinterlässt. Meine Existenzsicherung habe ich in deine Firma gesteckt, falsche Zeugenaussagen für dich abgegeben, mich wiederholt zum Gespött machen lassen, zu allem Ja und Amen gesagt, und dann fragst du, warum? Habe ich irgendetwas zurückbekommen? Anerkennung, Liebe, Zuneigung? Nicht einmal mein Geld! Du hast nur alles weiter in den Betrieb, in immer teurere Autos, unnötige Neulackierungen, noch auffälligere Felgen gesteckt. Und wie viel hast du den Mädels hinterhergeworfen, damit sich die jungen Dinger nicht über dich beschweren? Die Letzte konnte den Hals ja überhaupt nicht vollkriegen. Ich lasse mir doch nicht von einer geldgierigen, kleinen Schlampe mein Leben kaputt machen. Da sollte schon lieber sie dran glauben!«

Hildegard holte bloß kurz Luft, um sogleich fortzusetzen.

»Glaubst du, mir sind deine heimlichen Telefonate im Badezimmer entgangen? Denkst du, ich habe deine schwülstigen SMS-Botschaften mit täglich mehrfachen Verabredungen im Kofferdepot nicht gelesen? Ihre neueste Nachricht mit dem Vorschlag, dich am Whirlpool zu treffen und deine Kette zu nichts als einem winzigen Bikini zu tragen, habe ich allerdings gelöscht, bevor du sie sehen konntest. Sehr praktisch zudem die Anweisung, wie du ungesehen über die Schiebetür der Außenanlage zum Flirttreff gelangen solltest. Die machte vielleicht Augen, als ich statt deiner kam. Doch dann hat sie abfällig gemeint: ›Schauen Sie sich doch an! Was soll Karl-Richard denn an Ihnen finden? Glauben Sie, dass so was Schönes unter Ihrem Doppelkinn zur Geltung kommt?‹ Hat sich selbstgefällig im Whirlpool geräkelt und mir einfach den Rücken zugekehrt. Die wusste ja nicht, dass ich meinen Gürtel vorsorglich und griffbereit außerhalb der Schlaufen meines Bademantels umgebunden hatte! Dann ging alles recht schnell und eigentlich leichter, als ich gedacht hatte.«

Erschöpft sackte Hildegard in sich zusammen, wimmerte lediglich wiederholend: »Alles habe ich für dich hintangestellt, für dich, immer nur für dich!«

Der Kommissar unterbrach das unangenehme Schauspiel.

»Frau Lehmann, wegen des …«

Sein Handy lud erneut zum Tango ein.

»Ja, Eckensperger hier! Was ist los? … Was Sie nicht sagen: Weiße Frotteefaserspuren! Ihrer Meinung nach könnten die von einem Handtuch oder Bademantel stammen? Dem Strangulationsmal entsprechend am ehesten einem Gürtel zugeordnet werden? Na, so etwas!«

Ohne Grußfloskel brach er die Verbindung ab.

»Die Spurensicherung! Punktgenau – wie jedes Mal – exakt dann, wenn man sie nicht mehr braucht!«

Danach setzte er seinen Spruch fort »… dringenden Tatverdachts, Frau Yasmin Schachinger ermordet zu haben, nehme ich Sie fest. Alles, …«

Widerstandslos ließ Hildegard sich abführen, ohne ihren Ehemann auch nur irgendwie anzusehen.

Aber nicht Scham war ihrer Miene zu entnehmen, sondern eiskalte Verachtung und tiefes Angewidertsein.

Sylvia wandte sich ab und dem Ausgang zu.

Ihre Empathie hatte sich in Abscheu vor dieser egozentrischen, sich selbst bemitleidenden Frau gewandelt.

Yasmin hatte ebenfalls Träume und Zukunftshoffnungen gehabt, die ihr von heute auf morgen genommen worden waren. Genommen, um eine verlogene Familienidylle aufrecht zu erhalten und den Schein von Erfolg und Harmonie zu wahren. Warum hatte die gedemütigte Gattin nicht schon viel früher aufbegehrt und sinnvollere Initiativen gesetzt?

Außerdem hatte irgendetwas in Hildegards Wortstrom Sylvia kurz aufhorchen lassen, dem sie nachgehen wollte.

Aber überdeckt vom stetigen Redefluss hatte sich die Botschaft wieder verflüchtigt, und je mehr Sylvia sich anstrengte, das Gedankenbruchstück zu erfassen, umso tiefer schien die Erinnerung in einem undurchdringlichen Nebelwall zu verschwinden.

So ging es ihr manchmal, wenn sie erwachte und sich an ihre letzten Traumbilder erinnern wollte. Scheinbar zum Greifen nah, entzogen sich die Szenen, in sich selbst zerfließend, ihrem Bewusstsein.

Julia war ihr kurzerhand gefolgt.

Um diesen Abschluss ihres Kurzurlaubs war sie trotz erfolgreicher Mithilfe bei der raschen Aufklärung des Mordes wahrlich nicht zu beneiden.

Irgendeinen netten End- und Höhepunkt ihres Aufenthalts hätte sie sich verdient, überlegte Sylvia.

Als wäre ihr soeben der idente Gedanke durch den Kopf geschossen, verkündete Julia energisch: »Ich brauche dringend etwas Buntes, Fröhliches, das mich in den nächsten Tagen an meine schönen Stunden hier erinnert!« und schlug den Weg zur Haupttreppe ein.

»Ich glaube, ich lasse mir jetzt die Nägel lackieren, wenn sie Zeit haben in der Kosmetik«, rief sie Sylvia im Umdrehen hinterher.

Und da war er wieder, dieser verloren geglaubte Gedankensplitter.

Klar und deutlich hatte ihn Sylvia urplötzlich vor Augen. Gemeinsam mit anderen bruchstückhaften Eindrücken fügte er sich wie in einem Kaleidoskop zu einem beeindruckenden Gesamtbild zusammen.

Ein frisch lackiertes Auto – silbergrau nun statt rot.

Herr Lehmann mit seiner Rücksichtslosigkeit und seiner Vorliebe, das Gaspedal durchzudrücken.

Hildegard, die ihm ergeben falsche Alibis lieferte.

Das kleine Hotel mit der Bergstraße, das sowohl ihre Eltern als auch die Lehmanns besucht hatten.

Das müsste zu eruieren sein, ob die Kalenderwochen ihrer Urlaube übereinstimmten und ob Lehmanns Wagen danach eine neue Außenhaut erhalten hatte.

Sie blickte sich nach Kommissar Eckensperger um.

Was sollte sie ihm sagen?

Wie ihn für ihr Anliegen gewinnen?

Wer war überhaupt dafür zuständig? Das zumindest würde er ihr mitteilen können.

Und hoffentlich dafür sorgen, dass Karl-Richard Lehmann in Reichweite der hiesigen Polizei blieb.

Ob er seiner Frau zur Seite stehen und vor Ort ausharren würde, konnte sie nicht abschätzen.

Derart abfällig, wie er sich über sie geäußert hatte, hegte sie ernsthafte Zweifel.

Allerdings: Seine Aussage zu seinem Verhältnis zu Yasmin würde auf jeden Fall noch benötigt werden.

So rasch durfte er sicher nicht abreisen, beruhigte sich Sylvia.

You'll Never Walk Alone

»Mir scheint, da benötigt jemand sonst ziemlich Zielstrebiger ein wenig Unterstützung bei der weiteren Tagesplanung. Ich weiß sowieso nicht, wozu mich der Herr Kommissar hat holen lassen?«, ließ sich Michaels Stimme vernehmen. »Höchstens als Reservetäter, falls sich sein Anfangsverdacht nicht bestätigt hätte und als Zielobjekt für bitterböse Blicke. Ich fühlte mich direkt perforiert!«

»Dich schickt der Himmel!«, freute sich Sylvia, ohne auf seinen Scherz einzugehen. »Ich brauche ganz dringend deinen Rat, deine Unterstützung, deine Hilfe, dich!«

Michael konnte Sylvias Dringlichkeit nachvollziehen und sich trotzdem ein »Dafür sind wir vom Himmelstrupp ja da!« nicht verkneifen.

»Wenn einer schon nach einem Erzengel benannt ist!«, konterte sie bibelfest.

Gemeinsam überlegten die beiden die nächsten Schritte.

Michael wollte einem der anwesenden Beamten ihr Anliegen auseinandersetzen, Sylvia so rasch wie möglich über ihren Bruder Name und Telefonnummer jenes Ermittlers in Erfahrung bringen, der den seinerzeitigen Unfall ihrer Eltern aufgenommen und bearbeitet hatte.

»Bei Eckensperger beißt man auf Granit!«, berichtete ihr Helfershelfer eine halbe Stunde später, als er Sylvia – endlich ohne Handy am Ohr – sprechen konnte. »Der ist so selbstzufrieden, den Mord in Rekordzeit aufgeklärt zu haben, dass ihn ein zwei Jahre alter Fall von

Fahrerflucht überhaupt nicht interessiert! Außerdem scheint er mich nicht zu mögen. Ich werde das Gefühl nicht los, der hätte mich ebenfalls gerne eingebuchtet.«

»Aber ich habe da einen jungen Exekutivbediensteten, Sebastian Seiler, der erfolgshungrig und fraglos mutig genug für Eigeninitiativen ist, für unser Anliegen gewinnen können!«, setzte er rasch hinzu, als er Sylvias enttäuschte Miene bemerkte.

Da war es wieder dieses »unser«. Es tat Sylvia unheimlich gut, sich unterstützt zu wissen.

»You are one in a million«, strahlte sie Michael dankbar an, bevor sie ihm nach ihren Telefonaten endlich auch Angaben zu den seinerzeitigen Untersuchungen machen und Name und Kontaktdaten des damaligen Chefbeamten nennen konnte.

Sobald der »eingeteilte« Beamte Seiler seinen Dienst beendete, sich also ab*seilen* konnte, traf sich die neu gegründete »Soko Frischenbach« zu einem unbeobachteten, konspirierenden Gedankenaustausch in Michaels Zimmer.

Sebastian Seiler, rotblond, mit Sommersprossen und runder Retrobrille, hatte eine flotte Auffassungsgabe gepaart mit einem ebensolchen Mundwerk. Er schien sich und der Chefetage etwas beweisen zu wollen, weder Konflikte noch Wagnis zu scheuen und avancierte in Nullkommanichts zum begeisterten Mitstreiter. Zudem strahlte er eine dynamische Zuversicht aus, die Sylvia nach der langen Zeit des Nicht-Weiterkommens neue Energie und Hoffnung gab.

Leider ließ sich der Polizist zwar alles haarklein erzählen, aber keineswegs in die Karten blicken.

Murmelte lediglich Optimistisches vor sich hin, während er unablässig Notizen in sein Tablet tippte.

»Ich melde mich mit Erfolgen!«, verkündete Seiler abschließend gleichermaßen frohgemut wie siegessicher, leerte seine Teetasse mit einem letzten, kräftigen Schluck und verließ nach Austausch der Telefonnummern das Zimmer.

Der junge Beamte wollte nicht bloß Erfolge verbuchen, um auf der Karriereleiter nach oben zu klettern, sondern überdies mehrere offene Rechnungen mit seinem bulligen Vorgesetzten begleichen.

Oft genug hatte ihn Eckensperger unwirsch abgefertigt oder gar nicht zu Wort kommen lassen. Jetzt fühlte er die große Stunde zur Rehabilitierung seines angeschlagenen Selbstbewusstseins zum Greifen nah.

Beim Eintippen des neuen Kontakts in ihr Smartphone entdeckte Sylvia eine Nachricht von Julia.

»Fertig gepackt, bin bald dahin. Sehen wir uns noch kurz vor dem Hotel?«

Ein Foto von abwechselnd orange und pink lackierten Fingernägeln brachte Sylvia zum Lächeln und auf die Idee eines passenden Abschiedsgeschenks.

Mit ihrem duftigen, breiten Schal in warmen Farbtönen, der perfekt zu Julias frischer Maniküre passte, eilte Sylvia zur Verabschiedung.

Drei gemeinsame Tage mit einer Fülle an wunderbaren und spannenden Erlebnissen hatten die anfänglich spontane Sympathie zu einer beginnenden, wertschätzenden Freundschaft wachsen lassen.

Sylvia schlang ihre Arme um die Abreisende und dieser das fröhlich-bunte Tuch um die Schultern.

»Eine Erinnerung an mich! Damit du nicht vergisst, dich zu melden! Ich hätte dir schon eine Menge zu erzählen. Es hat sich viel getan, während du bei Marion warst. Hab' eine gute Fahrt! Ich werde dich vermissen, aber hoffentlich bald wiedersehen.«

Bis zum Auto wurde Julia begleitet, auch Michael winkte der Davonfahrenden lange hinterher.

Danach war es Zeit zum Abendessen und für Überlegungen, wie der Abend abseits der gesperrten Badelandschaft gestaltet werden konnte.

Da hatte dann die Rotweinflasche ihren großen Auftritt.

The Final Countdown

»Hervorragende Nachrichten!«, jubelte Seiler bereits von weitem, als Sylvia und Michael am frühen Nachmittag des nächsten Tages – seinem SMS-Aufruf folgend – in der Lobby auf ihn zusteuerten.

»Das wird ein Spaß! Ich stürme jetzt das Büro, in dem Kommissar Ungehobelt alias ›Wer mich stört, fliegt‹ gerade Herrn Lehmann in die Zange nimmt. Kiebitzen ist nicht nur erlaubt, sondern ausdrücklich erwünscht. Bitte sehr!«

Mit diesen Worten polterte der aufgeweckte Beamte wie angekündigt und ohne anzuklopfen ins Office und ließ die Tür hinter sich sperrangelweit für das staunende, anfangs Zwei-Personen-Publikum offen.

Dann warf er seinem Vorgesetzten einen unverfrorenen, fast respektlosen Blick zu und einen Stapel Zettel auf den Schreibtisch.

Eckensperger brüllte aufgebracht: »Seiler! Sie werden doch nicht …«

»… vergessen haben, den Zeugen Hermann Widhalm, seines Zeichens Mechanikermeister in der Autolackiererei und Spenglerei ‚Zierleiste & Blechschaden‘, im Beisein unabhängiger Dritter zu fragen, ob er im August vor zwei Jahren einen auf Herrn Lehmann zugelassenen Sportwagen umlackiert hat?«, fiel ihm der so herb Angefragte ins Wort.

Diesmal ließ er sich nicht so leicht auf's Abstellgleis stellen wie bei der Vorladung von Herrn Straka und zahlreichen anderen Begebenheiten, die ihm unangenehm im Gedächtnis hängen geblieben waren.

»Natürlich nicht! Ebenso wenig habe ich verabsäumt den – von Herrn Lehmann unterzeichneten – Auftrag ausheben zu lassen, der den Einbau eines neuen Kotflügels sowie einer Originalstoßstange belegt. Herr Widhalm hat sich ein wenig geziert, weil damals keine offizielle Rechnung ausgestellt worden war. Zusätzlich habe ich – Ihr Einverständnis vorausgesetzt – Frau Lehmann ins Gewissen geredet, ihre damalige Aussage zum Zeitpunkt des Unfalls mit ihrem Mann auf dem Zimmer ferngesehen zu haben, nochmals zu überdenken. Scheinbar wollte sie allumfassend reinen Tisch machen oder hat gedacht, uns in einem ungeklärten Fall zu unterstützen, könnte sich strafmildernd für sie auswirken. Jedenfalls hat sie das Alibi für ihren Mann widerrufen.«

Der letzte Teil von Seilers Bericht war zugegebenermaßen schlicht und einfach erlogen. Der eifrige Beamte hatte zu seinem Bedauern überhaupt keine Gelegenheit gehabt, an die Mordverdächtige heranzukommen, geschweige denn, sie zu befragen.

Jetzt setzte er jedoch alles auf eine Karte, um seinem Alleingang zum erhofften Erfolg zu verhelfen.

Das Zutrauen von Michael und Sylvia verlieh ihm zusätzliche Motivation. Er begann, die Bühne zu genießen, die er nun vorfand.

Lehmann, der keine Ahnung hatte, warum statt seinem Verhältnis zu Yasmin plötzlich die Fahrerflucht vor zwei Jahren auf der Tagesordnung stand, traute seiner Frau nach deren Mord offenbar alles zu.

Entsetzt schnaufte er: »Diese dämliche Kuh. Muss sie mich auch noch in den Abgrund reißen?«

Zudem schien er erkannt zu haben, dass Leugnen zwecklos war und trat die Flucht nach vorn an.

»Was hätte ich denn tun sollen? Ich war in Panik nach dem Zusammenprall. Das gerammte Auto hat es sofort von der Straße geschleudert. Ich wollte bloß weg; nicht einmal wissen, was genau geschehen ist. Einzig meinen Führerschein behalten und meine Unbescholtenheit.«

Sylvia hatte unbewusst Michaels Hand umklammert.

Lange hatte sie darauf gewartet, zu erfahren, was den Unfallverursacher bewogen hatte, ihre Eltern hilflos deren Schicksal zu überlassen.

Sie war verstört, fühlte sich längst nicht so befreit, wie sie es sich erhofft hatte.

Hunderte Male hatte sie sich vorgestellt, wie ihr Herz leicht sein, sie sich von diesem Druck entlastet fühlen würde, wenn der Schuldige schlussendlich gefasst war.

Doch sie spürte gar nichts, nur Leere, unermessliche Leere.

Erst als Michael seinen freien Arm um ihre Schulter legte und sie sanft an sich drückte, lösten sich ein paar Tränen und ein Seufzer der Erleichterung.

Müde ließ sie ihren Kopf an seine Schulter sinken, während Kommissar Eckensperger emotionslos feststellte: »Herr Lehmann, Sie werden noch für ein zu protokollierendes Geständnis benötigt.«

Danach aber brach das Temperament des Kriminalisten wieder voll durch.

»Und Seiler, schließen Sie endlich die Bürotür! Wir haben hier ja mehr Publikum als bei einem Ländermatch. Das halbe Hotel ist schon informiert«, setzte er harsch hinzu.

Sebastian Seiler zwinkerte Sylvia mit hochgerichtetem Daumen zu, als er der Anordnung seines Chefs Folge leistete.

»Nicht zu fassen, drei – teils hautnah miterlebte – Kriminalfälle inklusive Lösung innerhalb von 24 Stunden: eine Diebstahlserie, ein Mord sowie eine Fahrerflucht mit Todesfolge! Und da glaubt mein Arzt, ich könnte mich in Frischenbach entspannen?«, kommentierte Michael scherzhaft, um die Spannung und sich von Sylvia zu lösen.

»Ist es mit dir immer so aufregend?«, fragte er zweideutig nach. »Das muss ich unbedingt herausfinden. Unser nächstes Zusammentreffen soll nicht erst wieder in einem 32-Jahre-Intervall stattfinden.«

Sylvia war noch nicht nach leichter Konversation.

Eigentlich wollte sie einfach allein sein, ihren Gefühlen nachspüren, die sie nicht deuten, voneinander differenzieren konnte.

Zu viel strömte auf sie ein, zugleich drängte anderes aus der Tiefe hervor.

Um sich diesem Ansturm nicht spontan stellen zu müssen, fischte sie ihr Mobiltelefon aus der Hosentasche und erklärte knapp: »Muss meinem Bruder Bescheid geben!«

Telefonierend entfernte sie sich und fand sich – von ihren Beinen automatisch getragen – in einer halbdunklen Solariumkabine im Keller wieder.

Der Empfang war schwächer und schwächer geworden, ihr Bruder hatte die Nachricht erhalten.

144

Sylvia sackte erschöpft zusammen. Ihre Beine hatten regelrecht nachgegeben, sie zitterte und meinte, ihr Herz klopfen zu hören. Wie ein verängstigtes Tier kauerte sie in einer Ecke, als sie leise Schritte hörte.

Ohne aufzusehen, wusste sie, dass es Michael war.

»Was ist denn?«, wollte sie wissen.

»Wollte lediglich schauen, ob du keine Dummheiten machst. Schienst mir ganz schön durcheinander. Außerdem lasse ich nicht zu, dass du mir ein zweites Mal mir nichts dir nichts davonläufst!«

Es dauerte ein wenig, bis Sylvia begriff, dass er auf ihren unvermittelten Aufbruch aus dem Whirlpool anspielte.

Zu all ihren Gefühlen kam jetzt noch tiefe Dankbarkeit hinzu.

Wie eine warme Welle erfasste sie diese Regung, füllte sie aus, strömte über. Strömte über in Tränen der Erleichterung, der Freude, gleichzeitig der Erkenntnis, wie wenig sie zuletzt andere an sich herangelassen hatte.

Jemand sorgte sich um sie, wollte, dass es ihr gut ging, sie beschützen – auch vor sich selbst, ihren Gedanken, die immerzu um dieses eine, dunkle Problem gekreist waren.

»Danke! Es geht schon wieder. Ich glaube, ich brauche jetzt eine Tasse Tee.«

»Du brauchst mit Sicherheit keine Tasse Tee, sondern ein Glas Wein und jemand, der mit dir auf die Aufklärung deiner so lange ungelösten Frage anstößt«, stellte Michael energisch klar.

»Hab' ich dir eigentlich schon mal gesagt, *wie* großartig du bist?«

»Ja, one in a million – kein schlechter Schnitt!«

We'll Meet Again

Sylvias Auszeit war nahezu vorbei, ein letztes Frühstück, ein Einkauf im Bioshop, etliche Hände schütteln, den Koch um ein Rezept bitten und sich von Michael verabschieden, dessen Kuraufenthalt noch eine Woche andauern würde.

»Beneidenswert! Ich sitze morgen wieder im Büro, hab' am Nachmittag eine Sitzung zu leiten und jede Menge Liegengebliebenes aufzuarbeiten. Deshalb ist bereits mein nächster Aufenthalt gebucht. Im Februar ist es erneut so weit!«

»Was mache ich denn ohne dich die nächsten Tage? Beide Kurschattinnen lassen mich im Stich. Wenigstens kann ich mich auf deine Essenseinladung in zwei Wochen freuen. … Den Seiler hättest du übrigens nicht unbedingt auch dazubitten müssen!«, hängte Michael gespielt verdrossen hintendran.

»Ohne ihn wäre ja unsere Soko nicht komplett und der Fall wahrscheinlich nach wie vor nicht abgeschlossen. Du glaubst nicht, wie wichtig mir das ist!«

»Ich denke doch! Du wirkst so gelöst. Fast so unbekümmert und fröhlich wie damals als Sechzehnjährige. Also, alle Fragezeichen geklärt!«

»Nun, nicht wirklich«, wandte Sylvia lächelnd ein. »Eines beschäftigt mich schon ziemlich lange. Michael, bevor du gleich in deine Therapie saust: Wie bist du eigentlich zu deinem Spitznamen Apfelbäumchen gekommen? Come on, let the cat out of the bag!«

»Meine liebe Hobbydetektivin, dieses Rätsel wirst du bei deinem kriminalistischen Instinkt doch selbst lösen können!«

»Dazu muss ich dich wohl noch ein wenig besser kennenlernen«, meinte Sylvia vielversprechend und ergänzte mit schelmischem Blick, »oder soll ich den ehrgeizigen Seiler um Unterstützung bitten?«

»Das bloß nicht! Mein Bedarf an Polizeibeamten, die sich mir in den Weg stellen, ist für die nächste Zeit gedeckt! Wohingegen ich mich an deine Gesellschaft so richtig gewöhnt habe!«

Sylvia errötete – ärgerlicherweise – erneut.

Dies überspielend antwortete sie: »Dann bekommst du für's Erste einen Abschiedskuss. Den hat Seiler nicht gekriegt.«

»Dafür der Minifrosch Stanislaus! Und den hast du sogar auf Händen getragen.«

»Du würdest ja mit Sicherheit kein kleiner Prinz werden«, schmunzelte Sylvia, »aber ein riesengroßer Held zur rechten Stunde bist du und ein großartiger Freund dazu.«

»Herr Martens! Letzter Aufruf für Ihre Massageeinheit«, ertönte die Stimme von Irmgard, einer kräftig gebauten Physiotherapeutin mit sonorer Stimme aus dem Tiefparterre.

»Rasch, bevor es ein Minus gibt!«, Sylvia schubste Michael Richtung Stiegenabgang neben der Aufzugtür, wo sie einander vor einer Woche so überraschend wiedergetroffen hatten.

»Tschüss Süverl, see you soon!«

Mit einem fröhlichen Lachen und einem in ihre Richtung geschickten Küsschen eilte Michael die Stiegen hinunter. Vor Irmgard hatte er deutlich größeren Respekt als vor Eckensperger.

Wie viel und Bewegendes in diesen wenigen Tagen geschehen war. Sylvia schüttelte ungläubig den Kopf.

Ihr Lebensgefühl hatte sich in mehrfacher Weise grundlegend verändert.

Die belastende Frage ihres Daseins hatte sich geklärt. Das Rätsel um Michaels Spitznamen zu lösen schien dagegen ein durchaus lohnendes Unterfangen.

Die Tür zum Direktionsbüro wurde aufgerissen. Kommissar Eckensperger und seine Crew verließen das Hotel. Die Untersuchung vor Ort war abgeschlossen.

Aus dem Packen Papiere, den Nicole Sedlacek unter ihren rechten Arm geklemmt hatte, löste sich ein Zettel, als die junge Beamtin die Tür mit dem Ellbogen zuwarf.

Er flatterte Sylvia vor die Füße.

Es war ihre Bleistiftskizze des Schmuckstücks, das seiner Besitzerin nur kurz Freude bereitet hatte.

»Das wird wahrscheinlich kein wichtiges Beweisstück mehr sein? Und ist mit Sicherheit schon mehrfach kopiert oder gescannt in den Fallunterlagen dokumentiert«, überlegte Sylvia und nahm das Blatt an sich. »Für mich jedoch ist es eine besondere Erinnerung an diesen denkwürdigen Urlaub.«

Zufrieden händigte Frau Scherzer ihren Zimmerschlüssel an der Rezeption aus.

Wieder einmal war ein Aufenthalt im »Breitner« viel zu schnell zu Ende gegangen.

Trotzdem war nichts war mehr wie früher.

Sie hatte Freundschaften und neue Energie gewonnen, Yasmin hingegen ihr junges Leben und Anika ihren Arbeitsplatz verloren.

Direktor Breitner hatte ein paar graue Haare und
Kummerfalten mehr, Robert eine Zukunftssorge weniger – er würde gewiss bald Juniorpartner sein.

Und den Whirlpool würde sie nie mehr ohne be-
glückende wie zugleich schaurige Gedanken betreten
können, falls nicht auch dessen letztes Stündlein bald
geschlagen hätte.

Eines aber stand fest: Sie würde wiederkommen.
Ganz bestimmt!

Epilog

Sylvia packte ihren Koffer aus.

Die drei Kriminalromane stellte sie in ihr Bücherregal. Nicht eine Zeile hatte sie gelesen. Es war einfach keine Zeit dafür gewesen.

Außerdem: Welche noch so phantasiereichen Kriminalfälle konnten an ihre Erlebnisse der vergangenen Woche herankommen?

Schmunzelnd nahm sie das blaugrüne Büchlein mit dem Frauengesicht auf dem Cover zur Hand, schlug zufällig das Kapitel »Black Night« auf und begann zu lesen: »Bedächtig schob sich die füllige Reinigungskraft Adele samt ihrer vollautomatischen Bodenwaschmaschine durch die zurückpendelnde Flügeltür der Damengarderobe in den Schwimmbereich …«

Song Collection

Highway To Hell – AC/DC, 1979
I Feel Good – James Brown, 1964
You Can't Always Get What You Want
    – The Rolling Stones, 1969
Another Day In Paradise – Phil Collins, 1989
Everyone's A Winner – Hot Chocolate, 1978
More Than Words – Extreme, 1990
Something In The Water – Brooke Fraser, 2010
Black Night – Deep Purple, 1987
The Times They Are A-Changin' – Bob Dylan, 1964
What Are You Waiting For – Nickelback, 2014
Should I Stay Or Should I Go – The Clash, 1982
Bad Moon Rising
    – Creedence Clearwater Revival, 1973
One Step Beyond – Madness, 1979
Looking Back Over My Shoulder
    – Mike & The Mechanics, 1994
Under Pressure – Queen, 1982
Won't Get Fooled Again – The Who, 1971
What's Going On – Marvin Gaye, 1971
That Don't Impress Me Much – Shania Twain, 1997
Don't Ask Me Why – Billy Joel, 1980
You'll Never Walk Alone
    – Gerry & The Pacemakers, 1963
The Final Countdown – Europe, 1986
We'll Meet Again – Vera Lynn, 1939 / Jonny Cash 2002

Zu den Kapitelüberschriften

22 Titel englischsprachiger Rock- und Popsongs aus mehreren Jahrzehnten gliedern den Kriminalroman in einzelne Kapitel.

Das ist einerseits als Würdigung der Etablierung des Detektivromans im britischen, später amerikanischen Raum zu verstehen, knüpft andererseits an die literarischen Erstwerke der Autorin – Songtexte – an.

Lieder müssen – in Lyrik gehalten – in wenigen Zeilen eine »Story« erzählen. Im Idealfall steckt im Titel die prägnante Kurzfassung des Inhalts. Dieses Verständnis wurde als Ausdrucksform für die Kapitelüberschriften übernommen.

Außerdem vermitteln die gewählten Songs Gefühle, Situationen und Stimmungen, die sich in der Erzählung spiegeln, in vielen Fällen korrelieren sie zudem mit dem Lebensgefühl, in dem die Protagonisten aufwuchsen.

Vielleicht aber ist das Ganze auch nur ein unvermuteter, liebenswürdiger Spleen? Why not?

Dank an

die Lektoren Dominik, Hans, Manfred
meinen Mentor Jonny
meine Mutter und meinen Großvater,
die mir die Liebe zum Lesen mitgaben

Zur Autorin

Nach rund 200 deutsch- und englischsprachigen Songtexten, dem humorvollen Lebens- und Liebesroman »Erste Reihe Achterbahn«, dem »Ruck Zuck-Kochbuch«, poetischen Textfragmenten, Szenen und zahlreichen heiter-ironischen Kurzgeschichten als Blog auf lis-levell.com legt die Autorin Lis Levell mit »Mord auf Krankenkasse« nun ihren ersten Kriminalroman vor.

Übrigens – den Jonny Schlager gibt es wirklich! Mehr dazu unter www.jonnyschlager.at

Ruck Zuck Kochen

Ein Kochbuch für die schnelle Küche
(in praktischer Ringbindung)

Die Idee war, Gelungenes von Herd und Küche, das rasch und ohne großen Aufwand umzusetzen ist, festzuhalten und jenen zur Verfügung zu

stellen, die Zeitersparnis und mühelose Umsetzung bei der Speisenzubereitung ebenfalls schätzen.

Denn Zeitmangel und fehlendes Equipment halten so manche Kochbegeisterte und Gesundheitsbewusste dann doch immer wieder vom Selbstzubereiten ab.

Dem soll mit dem vorliegenden »Ruck Zuck Kochen« entgegengewirkt werden.

Zahlreiche, einfache Rezepte – vom Gruß aus der Küche über Vor-, Haupt- und Nachspeisen bis hin zu Drinks und Konfekt – laden zur raschen Umsetzung ein. Als Inventar werden ein Herd, Backrohr, Backblech, Waage, Messgefäß, ein kleiner und ein großer Topf sowie eine Pfanne, Schneebesen und ein Back-Kochlöffel vorausgesetzt. Bei manchen Rezepten braucht's auch noch mehr. Das ist dann auf der jeweiligen Seite angeführt. Abschließend folgen Erklärungen zu den Abkürzungen und Maßangaben.

ISBN Taschenbuch: 978-3-903273-03-0, EURO 9,80
ISBN E-Book: 978-3-903273-04-7, EURO 5,99
Verlag: *edition 2t_Buch*

Erste Reihe Achterbahn

Ein humorvoller Lebens- und
Liebesroman

Wer hat nicht schon einmal
vergessen, seinen Weckruf im
Handy zu aktivieren, eine flapsi-
ge Bemerkung zu viel gemacht,
mit einer übervollen Scheibtruhe
gekämpft oder einen lang ver-
missten Socken in einem Tuchentüberzug wiedergefunden?
So gesehen steckt in jeder und jedem von uns ein Stück
»Sassi«, über deren überraschende Hoppalas man
herzlich lachen kann. Sassi setzt eben noch eins drauf:
Denn, einen Slip beim romantischen Date verführe-
risch im Kamin unterzuheizen, sich beim Turteln auf
dem Badesteg einen lusthemmenden, zentimeterlan-
gen Span einzuziehen oder ihre Socken mit Selbstver-
ständlichkeit zum Aufwischen des verschütteten Kräu-
tertees umzufunktionieren, bleibt dann doch wohl der
sympathischen Heldin vorbehalten.
Mit ihrem unverwüstlichen Optimismus, jeder Menge
Urvertrauen und unerschütterlicher Zuversicht zeigt
sie uns zudem einen Weg, den Fallstricken des Lebens
gekonnt zu begegnen und jeden Tag als neue, wunder-
bare Chance zu sehen.

ISBN Taschenbuch: 978-3-903273-01-6, EURO 11,80
ISBN E-Book: 978-3-903273-02-3, EURO 6,49
Verlag: *edition 2t_Buch*

vitamin·reich & trink·fest

Ein Lebens- und Liebesroman

Gegensätze ziehen sich an?
Manchmal nerven sie einfach nur!
Wenn beispielsweise die Überzeu-
gungen einer gesundheitsbewuss-
ten Inhaberin eines Vollwertladens
auf jene eines leichtlebigen Bier-
lokalbetreibers treffen, bringt das
jede Menge Missverständnisse,
Vorurteile, Zwistigkeiten, aber
auch Selbsterkenntnisse, Sehnsüchte und das Wissen
um die eigene Unvollkommenheit mit sich.
Denn eigentlich wäre das Dasein der ehemaligen
Deutsch- und Biologieprofessorin Christl, die sich mit
ihrem Bioladen neu verwirklicht, „vollwertig". Bis zu
jenem Zeitpunkt, als sich Lärm und Ungemach in Person von Richie gegenüber ansiedeln. Was folgt, ist ein
kurzweiliger Schlagabtausch zweier kontroversieller
Lebensentwürfe mit der Erkenntnis, dass am anderen
am meisten stört, was zum eigenen, vollkommenen
Glück fehlt.
Es ist nur ein Katzensprung von einer Straßenseite auf
die andere, vom vitamin·reich zum trink·fest. Vom ICH
zum WIR aber ist es eine aufreibende Reise mit Irr-
wegen, bei der auch der Humor nicht zu kurz kommt.

ISBN Taschenbuch: 978-3-903273-07-8, EURO 13,80
ISBN E-Book: 978-3-903273-08-5, EURO 7,70
Verlag: *edition 2t_BUCH*

Mord mit Abschlusszeugnis

Ein Kriminalroman

Diesmal ermittelt Hauptkommissar Eckensperger am elitären
Schauplatz eines Stiftsgymnasi-
ums, an seiner Seite erneut die
emanzipierte, engagierte Mitarbeiterin Nicole „Ich bin kein Fräulein" Sedlacek sowie deren vor-
witziger Kollege Sebastian Seiler.
Wo täglich mehrere hundert
Personen zusammenarbeiten, bleiben Intrigen, Neid,
Argwohn, dunkle Machenschaften und Hass nicht aus.
Aber wieso trifft es ausgerechnet den unauffälligen,
kontaktarmen Chemieprofessor Magister Thanner? Was
verschweigt sein dubioser Reisebegleiter? Welche Rolle
spielt die Diözese in diesem Fall? Und weiß die resolute
Haushälterin Pauline Kratochwil mehr, als sie ohnehin
redselig und *spirituosiert* von sich gibt?
Diesen Fragen gehen der Hauptkommissar und sein
Team mit vollem Einsatz nach und geraten dabei unter
den Druck des Polizeidirektors und in die Mühlen von
Politik und Kirche.
Humorvolle Dialoge lassen rasch in die Story und die
Suche nach dem Täter oder, wie Nicole Sedlacek zu
Recht einfordern würde, der Täterin eintauchen.

ISBN Taschenbuch: 978-3-903273-09-2, EURO 13,80
ISBN E-Book: 978-3-903273-10-8, EURO 7,70
Verlag: *edition 2t_Buch*